多想你也喜欢我

I wish U
would ♥ me

马叛 作品
@天涯蝴蝶浪子

北京联合出版公司
Beijing United Publishing Co.,Ltd.

目录 CONTENTS

CHAPTER 01

最后一个女朋友

①

和宋佳相恋时她十九岁，我二十五岁。

分手时她二十一岁，我二十七岁。

在一起时所有人都不看好我们，都等着看我们的笑话。我暗暗地发誓要缔造一个神话，结果还是弄成了笑话。

宋佳常常说我比她大太多，她很吃亏，要我让着她。她不知道，她已经是我谈过的女朋友里年龄最大的了，大到我暗地里都把她的备注名标记为老女人了。

我不怕被她看到，因为我喜欢“老”这个字，我在乎的人我都这么称呼，如老爸、老妈、老姐，老女人的未来，我原以为是老婆。

②

二十五岁以前，我觉得结婚这件事情离我还是很遥远的。

会这么想的原因有两个：一是家里还有比我大的姐姐没出嫁，我的婚姻问题还没有被父母提上日程；二是我谈的女朋友，永远不到法定结婚年龄。

倒也不是我喜欢欺骗未成年少女，而是年龄稍微大点儿的女生对我都没兴趣。我能吸引到的永远是十七八岁情窦初开的女生，一旦她们长大一点儿思想一成熟，立马就会觉得我不靠谱，找各种理由跟我提分手。

我十七八岁的时候，这事情还不奇怪，毕竟还是在跟同龄人谈恋爱。等过了二十岁到了二十三四岁的时候，周围的风言风语和看笑话的人就多了。什么“诱拐未成年”“老牛吃嫩草”之类的老生常谈我一律当成“吃不到葡萄说葡萄酸”。

和小女生谈恋爱多好啊，她不图你有豪宅、名车，不图你送她名牌包包，你只要跟她谈谈人生梦想，她就会觉得你是个与众不同的、有追求的、闪闪发光的男朋友。如果你能在轧马路累了的时候去肯德基买个甜筒给她，那你就是她最最贴心的人了。

在她们眼里，钱还不是最重要的东西。即便是那些觉得钱挺重要的小女生，在十七八岁的时候也会觉得自己以后会有很多很多的钱，自己的男朋友以后也会挣很多很多的钱。在没有被现实摧残过的小女生眼里，未来的一切都是美好的。

说着说着就暴露了我一个致命缺陷，对，那就是穷。二十五岁之前，我不仅仅是个不婚族，还是个月光族和啃老族。我的那点儿薪水也只够请女朋友去吃个甜筒什么的，你要是买可乐，都不能买大杯的。这对于那些没有漂亮衣裳和名牌包包搭配就无法出门的熟女来说是无法忍受的事情。当然我也不愿意骑着自行车送她们去机场。

当然，我能在二十四岁的时候还坚持跟十七八岁的女生谈恋爱，也不光是因为我穷。根本原因还是因为我自己思想不够成熟，而且还坚持认为成熟是一件很可耻的事情。我乐得无忧无虑，乐得幼稚天真，愿意跟单纯的人在一起做单纯的事情。

你让我去想结婚、想赚很多很多的钱去住豪宅开名车，那不如杀了我。我宁愿去想想诺贝尔文学奖下一年会颁给谁，这种离我很遥远但看上去跟人生梦想还沾点边的事情。当然，这都是在我二十五岁之前的想法，在遇上宋佳的那一年，我的想法彻底变了。

③

我说的变化，不是我从不婚族变成了结婚狂，也不是我从啃老族变成了独立的 SOHO 一族，更不是我从月光族变成了每个月定时存钱的守财奴。

那是一种由内而外的质的变化。是因为心灵上受到了冲击和震撼，才会导致外在的行为发生了变化。这样说可能有点悬，简单来说就是，我二十五岁那年认识了宋佳，她是我见过的最漂亮的女生，我们一见倾心，并且没有再见恶心。

不仅是漂亮，就连谈吐、追求、饮食和习惯，她都跟我出奇地合拍。用村上春树的话说，她就是我的百分百女孩。

从灵魂到肉体，从思想到幻想，她跟我都一致得天衣无缝。用洋人的话说，我觉得她就是我遗失的那根肋骨。

我以前恋爱过很多次，但从未有过这种朝思暮想，一日不见如隔三秋的感觉。过去不管跟谁在一起，我还是会想想我的未来的，我觉得我未来一定会干成一件大事，爱情什么的不能影响我干大事。直到遇到宋佳我才明白什么叫红颜祸水，才明白为什么女娲讨厌商纣王之后就送了他三个绝色美女。和宋佳恋爱后，我只想天天跟她黏在一起，她去上个厕所，都能让我魂不守舍。

可惜的是，这么好的女生，竟然跟我不在一个城市。我认识她的时候，她只是来长沙看一场音乐会，看完她就回天津读大学了。

而我，一个刚刚辞了工作在音乐会上跟着摆创意集市的姐姐打杂的无业游民，对跨省搞异地恋还是心存恐惧的。

她那么好，离我这么远，要是有人欺负她怎么办？要是有人比我更喜欢她怎么办？我脑袋里全是这些问题，完全忘了人家没认识我之前也活了十九年。

因为总是想这些问题，所以她离开长沙的时候我去火车站送她，不小心就多买了一张车票，一路将她送到了天津。

不要觉得哥没出息，二十五岁了还被一个十九岁的姑娘迷得神魂颠倒的。茫茫人海，两个人能相识相恋是多么不容易的事情。而且哥能在帅哥云集的音乐会上拿下这么好的一个姑娘，本身就证明哥是有魅力的。

其实说起来我也没啥魅力，完全是运气好。音乐会上人太多了，根本挤不到台前，就算挤到台前，那种手拉手围着转圈的行为也不是宋佳喜欢的。所以她就远远地看着，恨不得一阵风吹来把眼前的人全吹走，留她一个人听她喜欢的歌手演唱。

宋佳在台下看着人山人海干着急的时候，我刚抱着吉他到创意集市。相比台上那些正规军的音乐水平，我从初中到大学苦练了十年的吉他水平并没差到哪儿。我之所以辞职就是打算干音乐这行，如果不是还没来得及组乐队，那这场音乐会哥肯定就是在台上了。

所以当看到宋佳远远地走过来的时候，我就弹起了那首让她迈不动脚的歌，给了她一场专属于她一个人的演唱会。后面的事情就是见招拆招、遇佛杀佛、你情我愿、顺水推舟了。

这个故事告诉我们，穷不可怕，一定要会弹吉他。

④

宋佳回到大学之后，开始给我织毛衣。我及时阻止了她这种荒唐、愚昧的行为。其实本来织毛衣送情人这件事情挺好的，但被编成歌之后就不好了，有个乐队专门拿织毛衣作词讽刺那些恋爱中的傻子。

而且还延伸出了各种版本，从流行民谣版的——傻 × 不爱你，你还给傻 × 织毛衣。到乐府诗——少壮不努力，老大织毛衣。再到外国文学《西风颂》里的——傻 × 已经来了，毛衣还会远吗？和《安娜·卡列尼娜》里的——幸福的傻 × 都有毛衣，不幸福的傻 × 就不一定了。最后是现代文学版的——这世界上本没有傻 ×，毛衣织得多了，便成了傻×，以及黑夜给了你黑色的眼睛，你却用来给傻×织毛衣。

我不想做“傻×”，也不想宋佳做“傻×”。于是就给宋佳朗诵了这些名言警句。宋佳说：“可是毛线我都已经买好了。”

“那就织围巾吧。”

“毛线用不完。”

“那就织两条，你一条，我一条。”

“还是用不完。”

“那就织三条，你一条，我一条，我妈一条。”

“为什么是你妈一条而不是我妈一条？”

“都一样，不浪费毛线就行。”

“不一样，我妈和你妈都掉水里了你先救谁？”

“我们不是在讨论毛衣和围巾的问题吗……”

幸福的爱情总是相同的，不幸的爱情却各有各的不幸。我受不了异地恋的煎熬，大义凛然地离开长沙去天津找工作。天津迎接我的是一口黄沙、一口土，习惯了南方湿润气候的我一到北方就被吹得脱了层皮，还倒霉得因水土不服病倒了。

爱情虽好，可是不治感冒。

前面说过，我还是很穷的。虽然离开长沙之前狠狠地压榨了我老妈和老姐一把，但架不住坐吃山空，到天津三个月，钱用完了，工作还没找到。

于是宋佳开始带着我跟她一起吃食堂。到了他们学校我才发现，在学校这种封闭的环境里，美女是一种多么稀缺的存在。大街上的美女是属于大众的，学校的美女只属于学校，我霸占着一个美女，就等于树立了数千个敌人。

在强敌环伺的环境里，我背负着沉重的心理压力吃着软饭。好在时间不长，就有北京的朋友叫我过去一块儿写剧本了，北京的氛围好，还能顺便卖卖唱。

从北京南站坐城际列车到天津不到一个小时，所以虽然再次面临异地相隔，却比在长沙的时候好多了，每个周末我们都能在一起。

⑤

在遇到宋佳之前，我觉得自己受了女朋友一长大就会跟我分手的诅咒。我周围的人也都觉得我最多只能骗骗小姑娘，没人能跟我真正走进婚姻的殿堂。

所以宋佳二十岁生日的时候我是非常开心的，这意味着她到了可以跟我领证的年龄。我拿着我亲手用吉他弦编织成的戒指，单膝跪地向她求婚。

她笑着接受了。她跟我过去的女朋友不一样，过去的女生因为年纪小，不知道钱的重要性，不懂得穷的含义，所以在一长大接触到物质，发现我无法带来富足得让她们在其他人面前可以不自卑的生活后，我身上的光环就立刻消失了，分道扬镳是必然的事情。

宋佳不同，她知道贫贱夫妻百事哀，她跟我一起经历贫穷，但她不介意。咸菜就米饭我们吃过几个月，豆瓣酱拌面我们吃了半年。

她说她要的只是我，只是我的一颗永远爱她、永远不变的心，所以吃咸菜没关系，也就只是吃得差点儿，社会主义国家饿不死人。

但婚姻不是我们两个人的事情。

我二十七岁的时候去了宋佳的家里，去之前打听好了二老的喜好。专门挑在最疼宋佳的外婆的寿宴上登门。

结果还是被赶了出来，二老知道我的存在，一直嫌弃我家离得太远，嫌弃我年纪太大，嫌弃我没有正经工作。一直疼爱宋佳的外婆也不想外孙女嫁得太远，因为我的突然出现、宴席上宋佳父亲的拍桌而去以及宋佳的失声痛哭，外婆突发脑溢血。

虽然抢救过来了，但从此半身不遂。

宋佳成了他们家里的罪人，我也一样。

写到这里时泪水突然落在键盘上，我想起之前读者问我的一个问题。她说："大大，你在写故事写到催人泪下的情节时，是先去哭一哭再写，还是写完了再哭？"

我当时没回答她，因为我从未有过把自己写哭的经历，这是第一次，边流泪边写，用来擦泪的刚好是宋佳给我织的围巾。

又到了可以戴上围巾的季节，送围巾的那个人却已经和我永别了。

⑥

我离开北京回到老家的时候，正赶上姐姐的婚期，一家人都忙着姐姐的喜事，没人注意到我的失落感。

姐姐结婚后，我的婚事便顺理成章地提上了日程。

我曾经对宋佳说过，如果有一天我们分手了，我想我无法再爱上任何人了。

宋佳笑笑没有说话，后来她给我写信的时候提到这件事情，她说如果有一天我们分手了，她希望我能把心打扫干净，让后来的人住进去。

记得我过去看书或者看身边人的经历时，不能理解有些人为什么要跟自己不喜欢的人结婚，明明有那么多可以逃避的理由和办法，为什么要勉强自己跟不爱的人在一起呢?

我曾经很讨厌这种人。

而如今，我终于也变成了这种人。

分手后宋佳接受了父母的安排，尝试和她妈妈介绍的对象谈恋爱。

我也听从父母的话，带着报复的心理和工商局局长的千金领了证。

一切都符合大人的愿望，顺理成章。

夜深人静的时候我常常会想起宋佳，我曾经试着想过无数种我们分手的场景，我以为会有争吵和挽留，却怎么也想不到，我们中间有一天会隔着瘫痪在床的外婆。说到分手的时候，我们竟都没有犹豫就选择了放弃。

委屈自己，成全一切。这是我无法理解却不得不接受的结果。

我记得刚在一起的时候宋佳问我：“你这个花心大萝卜，我听说你之前谈的女朋友双手都数不过来，那我是你第几个女朋友？”

我抱着她亲了一口说：“你是我最后一个女朋友。”她愣了愣，一下没明白，我接着说："傻瓜，跟你谈恋爱之后，我就再也不想跟任何人谈恋爱了。所以你是最后一个，你一毕业我们就结婚。"

说这话的时候，谁会想到一语成谶呢，我固然是没有食言。宋佳依旧是我最后一个女朋友，只是待到她毕业的那一天，娶她的人，不再是我。

CHAPTER 02

别怕有我

二姐十六岁的时候开始整容，一开始只是微调，后来动作越来越大。有天我在回家的路上看到一个美女，鲜艳动人就忍不住吹了个口哨，结果对方来一句："傻 × 快过来！"

我这才发现那是我二姐。

她出国玩了几个月，回来整得连亲弟弟都认不出来。怕被爹妈骂，就在路边徘徊要不要回家，刚好就遇上我了。

"你这次下手有点儿狠啊，整成这样爹妈还敢认你吗？"

"滚蛋，吃屎了吗嘴这么臭。"

"你让我过来的！"

"我让你死你去不？"

我二姐就是这样，跟我说话从来没有温柔可亲过。别人见面都是问你吃饭了吗？她总是说你吃屎了吗！搞得人没一点儿想要跟她聊下去的胃口。但我还是很喜欢跟她待在一块儿，不仅仅是别人打我的时候她总替我挡着，主要是我欠她一条命。

在河南待过的人大都知道，那个人口第一大省的人天生爱攀比，隔壁家生三个孩子的话自己生两个就会觉得低人一头。隔壁家全是男孩自己都是姑娘的话也会不好意思去借酱油。

我出生之前，爸妈一直活得很自卑。因为第一胎是女儿，第二胎又是。我妈生第二胎的时候正赶上计划生育的疯狂期，这边正使劲往下生呢，那边一群人已经在砸门。也幸好当时我爸正在剥兔子，计划生育的人砸门进来之后我爸就往血淋淋的兔子身上一指："刚生下来就死了，你们要的话就拿走吧。"

在死兔子的帮助下，二姐也算是来之不易。但爸妈丝毫没有要珍惜她的意思，他们一心想要男孩，生出来一看是女孩，俩人就面面相觑，觉得很对不住对方，造人的时候光顾着痛快不知道配合，现在后悔已经晚了。

为了挺胸抬头做人，父母决定再生一胎。因为已经对计划生育的人说了二姐死了，所以一生下来二姐就被送到了新疆，让外婆暂时养着，伺机送人。新疆人口少，要送人的话还是很方便的，但外婆心软，养到三岁还没舍得送出去。

小孩子没记性的时候好送，长大了就没人要了，因为孩子记得人和路了就很难忘掉，别人也不想含辛茹苦把孩子养大了，孩子却嚷嚷着要回去找亲妈。

等到我出生的时候，二姐已经四岁半了。没我的时候爸妈还想着万一怀不上了就把二姐接回来，等到怀上我生下来一看还是朝思暮想的男孩，爸妈送二姐出去的心就坚不可摧了。但外婆那关不好过，只能借着春节把二姐接回家玩，然后悄悄送人。

可惜后来还是被外婆知道了，她连夜坐火车赶到收养二姐的那户人家里，把二姐要了回来。虽然这事儿我也是后来听妈妈说的，但每次一想到白发苍苍的外婆从新疆到长春，来回坐一百多个小时的火车接二姐的情景，我就感到很心酸，如果我死活不出生，二姐也许就可以逃过被送出去的命运，外婆就不会在长途跋涉之后生了一场大病。

后来外婆的病好了，身体却变差了，二姐七岁的时候外婆去世了。爸妈只好交了一笔罚款，把二姐接了回来。但是因为长期不在家，二姐跟家里人都没啥感情，对我更是恨之入骨，因为在她看来如果不是我出生，也许外婆就能多活几年，在她眼里，外婆才是最亲近的人。

二姐回来后，爸妈被罚得特别惨，为了多挣点儿钱养家糊口，他们经常不在家，大姐要上高中，于是我就由二姐带着，二姐为了我被迫晚上了三年学，一直到十岁才跟六岁的我一起去读小学一年级。

因为心里带着恨，带我的时候二姐也不正经带，总是动不动就伸手把我胖揍一顿，我哭得太难看了，又会拿糖给我吃。久而久之，我面对她的时候就很迷茫，不知道她是要拿糖给我吃，还是要把我胖揍一顿。这一招对付熊孩子特别管用，后来我大姐生了孩子让我带，我就用"姐传秘方"来带他，闲着没事一会儿打他一顿一会儿拿糖给他吃，他看到我的时候永远是迷茫的，不听谁的话也不会不听我的。这一招据说最早是蒋介石用来对付下属的，打一巴掌给一个甜枣，恩威并施，让你永远想吃甜枣又怕巴掌，怕巴掌又想吃甜枣。久而久之，畏惧心和依赖心就都有了。

不过那时候我懵懂无知，真正跟二姐的关系转变是在我十岁那年。姐姐跟男生出去玩，夜不归宿，爸爸知道后气惨了，拿拖把打她。我仗着是家里最小的孩子，又是男孩，父母宠爱，就在关键时刻冲上去替她挡拖把。爸爸一拖把抽在我身上，心疼死他了，之后也就光顾着给我擦药，不再计较二姐的事情。

从那以后二姐对我就明显不像过去那么随便了，但因为她自小就爱美，一脸鼻涕的我在外面还是很招她嫌弃的。每次上学都跟我保持一段距离，在学校也是对我不理不睬。除非有人打我了她才站出来跟人拼命，有时候我问她为啥要这样，她的回答永远是：因为你是我弟弟，只能我一个人打。

二姐十六岁的时候开始非常叛逆，因为在寄宿学校读书，家长鞭长莫及，她经常逃课，去美容院打工，有了第一次整容的经历。一开始只是动动眼皮，后来把五官整了一个遍，垫鼻、削下巴、隆胸、抽脂肪、开眼角、开嘴角样样都来。甚至连并不算畸形的牙齿都打乱了重新排序。

因为五官都是整的，特别不牢靠，我特别害怕她哈哈大笑的时候下巴突然掉下来，或者打个喷嚏鼻头飞出老远。

而且不光我自己害怕，她也担心，每次跟特别幽默的人在一起吃饭的时候她都捧着脸，因为她笑点非常低。对别人她都是说怕笑多了会长皱纹所以捧着脸，只有我知道她是担心笑着笑着五官变了样。你脑补下吃饭的时候别人哈哈大笑喷你一脸牙的情景，就能体会到我坐在她面前吃饭时心里的感受。

二姐靠整容成为校园红人之后，就退学了。因为老师也认不出她，每次点她名字她回答“到”的时候，老师都冤枉她说她替别人点到。她一生气就退学了。退学后在社会上混得也不好，靠着整容整得好看，给人做做车模和平面模特什么的。在国内做模特，都不能穿太多，她那些暴露的照片被亲戚朋友看到了，总会招来一片责难。但她永远无所谓，她说反正过几天我就变样了，照片上的这些都是昨天的我。

因为她是我姐，不管在外面别人怎么说她，我都只能站在她这一边。但实际上我也有点儿反感她整容，每次她整容前都会问我：你看我的鼻子是不是不够翘，嘴巴是不是有点儿小？

说实话，就像一个汉字你盯着看久了会觉得不像一样，人的五官如果你带着挑毛病的心态去看，看久了也会觉得不协调。

但我还是会昧着良心说：“姐你已经很好看了，比我好看多了。”

不过不管我怎么说，二姐都只是暗示我一下，然后立刻就行动了，从来不真正采纳我的意见。她这样对自己乱来，像杰克逊一样不断地换脸，经常会让我做同样的噩梦。

梦中我就在老家的堂屋里，她坐在屋子中间，背对着我，看一台满是雪花的电视，我很怕她转过头，让我看到一张支离破碎的脸。

每次做了噩梦我就劝她，人这一辈子，只能从镜子中看到自己，不管你多么漂亮，都是给别人看的。何必为了让别人看着舒心，把自己搞得这么累呢！而且整容不仅风险大还费钱，后期要定时做保养，跟玩车一样。二姐辛辛苦苦挣的血汗钱，全在医院里糟蹋了。但她不以为然，还经常自嘲说：“我这辈子，去过的高消费场所只有医院，拥有过的奢侈品只有弟弟。”

这倒不是她乱说，我们长大后，河南人的觉悟似乎是在一夜之间提高了，大家都不再以生子多少论英雄了，甚至生太多的还会被邻里鄙视责骂，说他们拖了发展的后腿。因为我改名之前就叫马发展，所以每次他们说到谁谁谁家超生了，拖了发展的后腿的时候，我就不自觉地会摸摸自己的腿，摸到裤子和腿都还在，才放下心来。

后来我们俩都离开了河南，到北京、上海这样的大城市生活，渐渐发现这里似乎全是独生子女家庭。跟我们同龄的人也很少有哥哥姐姐、弟弟妹妹的，每次她跟她的姐妹去吃饭，吃到中途都会有人说，把你弟弟叫来看看吧。就像在谈论一件稀罕物。

其实弟弟这种存在，只会花姐姐的钱，帮不上姐姐多大忙。但说矫情点儿，一日为姐，终生难负。只要她还没找到那个“免她惊、免她苦、免她四下流离无枝可依的男人”，我就得一直陪着她等下去。

不过这么多年过去了，随着科技和医学的进步，二姐整得越来越好看了，有时候她甚至会怂恿我也去整一整，她还经常会拿那些长得好看的作家举例，说：“你不是写小说吗？整得好看了，书都能多卖两本。”

我虽然面对她的时候还是很茫然没有主见，但我毕竟长大了，不会真听她的去让别人在我脸上动刀子，身体发肤受之父母，我的传统观念还是很重的。而且我觉得虽然变好看了，二姐却并没有因为这份好看而变得更加自信，她还是那个经常会哭泣，经常会站在街头不知道该往哪边走的傻姑娘。她还是担心会被嫌弃。

她之所以不断地在脸上、身上动刀子，究其根源，还是因为爸妈在她小的时候给她心里丢了太多刀子。所以长大后她就拼命地想把父母给她的身体还回去，我可以不吃你的不用你的，你还要怎样？要我的身体吗？好，我一刀一刀割下来。她表面整的是容，实际上整的是心。但容好整，心难变。不管她假装得多么坚强冷酷，心里还是柔软地渴望亲情。

就像这一次，爸爸生日叫我们回来，如果不是我在路上遇到她，她可能走到家门口看两眼流下几滴泪就离开了。从她退学以后，爸妈就跟她争吵不断，爸爸几次扬言要跟她断绝父女关系，她也渐渐地从过年回家一次到过很多年都难得回家一次。

而且不光是爸妈，大姐也视她为耻。尽管她后来实现了模特梦想，跟她整容不无关系，但在爸妈和大姐那里始终还是不认可她这种行为。用妈妈的话说就是："她一点儿也不像我们家的人，该不会送去你外婆那里的几年被人掉了包吧！"

可是不管家人怎么说，在我心里她还是我骄傲任性勇敢又脆弱的二姐，为了避免她再半路跑掉，我直接揽住了她的腰："刚好爸妈让我带女朋友回来，你就假扮一下我女朋友吧！只要你说话小声点儿，他们绝对认不出来。"

"滚蛋，万一被爸妈发现了怎么办？"

"不用怕，出了事有我兜着，小时候在学校都是你保护我，现在该我保护你了。"说着我就硬揽着她细嫩的腰往家里走去，从倒影里看，我的背影要比她高大好多好多。她似乎也感觉到，过去那个总是流着鼻涕追在她后面要糖吃的弟弟，已经长大了。

CHAPTER 03

光头女友

⓪

◇◇◇

抱得太紧，会弄疼对方。

爱得太深，会生出绝望。

①

◇◇◇

醒来就听到女友在哭泣，打开灯，看到她蜷缩在床头，我心头有些烦躁。

“为什么哭？是因为我，还是因为你妈妈？”我试探性地问了下，其实对答案并不感兴趣。

“不为什么。”她察觉到我醒了，语气里有一点儿歉意，但身子仍然面对着墙，背对着我。

“你这样已经影响到我了。我觉得你应该乐观积极一点儿，一大早就哭，你这样会让我一整天的心情都不好的。”我没话找话地说了几句听起来很自私的话，安慰了太多次之后，靠口才吃饭的我也有些技穷了。我知道这时候不管我说什么都是火上浇油，我正确的做法应该是抱住她，用力量融化她的悲伤。

“那我出去。”说完女友就起身了，速度飞快地穿好衣服和鞋子。矫捷的程度和她刚才蜷缩在床头哭泣时判若两人。在一秒钟从楚楚可怜的小女生变身女战士这件事上，女友鲜逢对手。

我没有跟出去。

就像最初我看到她哭会心疼，后来渐渐麻木，再后来感到烦躁一样。一次又一次跟出去劝慰、争执，引来众人侧目之后，我觉得我一点儿也不在乎她出去做什么了，十次有九次她都是坐在楼下的花坛边哭。

②

一直到吃晚饭的时候，我才听到女友的敲门声。关于敲门声，我和她有个约定，敲两下再敲三下，循环往复就是我们。否则就是送快递的、抄水表的，或者室友，因为不喜欢和陌生人打交道，所以除非是听到对方的敲门声，否则我们都不会去开门。

女友早上走的时候没有拿手机也没有拿钥匙，这给我在家死等留下了一个完美的理由。

万一我出去找的时候你回来了，没有钥匙也进不了家啊。每次我都这样说，其实我知道我一下楼就能看到她了。她永远不会躲在我看不见的地方。

几乎所有的女生都一样吧，有时候她们哭不是因为难过，而是需要安慰、需要鼓励、需要甜言蜜语的温暖。她们摔门而去制造出的动静也是为了提醒你赶紧追来。我的女友也不例外，所以我每次都很配合她，她哭我就哄，她跑我就追。

只是哄她的话越来越不真诚，追她的速度越来越慢吞吞。有一次她摔门而去后，我愣是在家洗完澡吹干头发把脏衣服丢进洗衣机之后才出门追她。

这一次更过分，我直接不追了。虽然她一直到天黑才回来，但毕竟是回来了，听到敲门声我还是有些窃喜的，心想你肯定是担心天黑了我出去找会看不到你吧，这下以后我都不用出去找了，反正你天黑总会回来的。

我有时候会觉得自己的想法和行为挺渣的，但谁让女朋友这么作呢。我还有很多事情要做，比如挣足够多的钱维持我们的生活，应酬无数的人发展我的事业。世界上没有绝对的好人和绝对的坏人，只不过是立场不同罢了。你眼中的渣可能是别人眼中的花，同样你眼中的花可能是大多数人眼中的花。每次心有所愧的时候我都会找一堆大道理来宽慰自己。宽以待己，严以律人，我们这个时代很多人都是这样生活的。

况且我不认为那种天天围着女朋友买各种好吃的、好玩的哄女朋友开心的男人就是好男人，作为穷二代，我没那么多时间。我估计很多穷二代都是这么想的，当然，也正是因为有这样的想法，穷二代才一直是穷二代。我就是个鲜明的例证，尽管我知道家和万事兴，不哄好女朋友我就不可能有成就，但每次遇到女友哭泣的时候，我心里还是希望她能自己好起来。

我以为她看到我这样很快会离开我的，可是七年过去了，我们还是没有分手。虽然时间并不能证明两个人是相爱的，但毕竟一起度过了这么久，连吵架都成了习惯。在一起七年，她皱皱眉我就知道她在想什么。但了解不能代表爱，懂一个人和爱一个人始终是两码事。

上面这堆话是我站在门后时想的，一门之隔的女友已经把二三二三这个节奏循环了无数次。我故意等到她敲门的速度明显变快变不耐烦了才开门，我觉得她应该遭受这样的惩罚，结果一拉开门我就惊到了，被惩罚到的是我而不是她。

她出去一天，没有洗脸，没有喝水，没有吃饭，一直在花坛边哭，眼看天要黑了，她才站起来，活动了下麻掉了的腿，然后毅然决然地去小区门口的理发店剪了个光头。

你不是不在乎我吗？那我就剃个光头看看你的反应。

我明白女友的心思，愣了一会儿之后，我转身回了房间，女友跟在我身后，脸上已经没有了哀容，反而有一种报复成功的快感。

她用什么也没发生过的语调说："我饿了，去做饭吧。"

我煮了她最爱吃的番茄鸡蛋面，这是我最拿手的，但炒鸡蛋的时候，还是不小心把火开大了，鸡蛋煳了。放盐的时候，还是手抖放多了。过冷水的时候，第一次烫到了手。我忍住疼，忍下所有情绪，默默吃完就睡了。

煳了的鸡蛋、放多的盐出卖了我，我听到她洗碗的时候在哼歌。

因为脸小，皮肤白皙，女友剪了光头也不难看。但她毕竟是个女生，光头再酷也没有长发飘飘的时候好看。她知道我最喜欢她长发飘飘的样子，有一次她瞒着我剪了个蘑菇头都被我凶了很久，这一次直接剪光了，无疑是把刀插在了我最痛的地方。

但我还是没有说分手。我气愤，甚至有些恨她。分手的念头却一直没有。等她洗完澡回到床上调戏我的时候，我还很配合地用力量融化了她的得意。

以往她都是咬紧牙关默不作声，这一次她放肆得惊动了隔壁的室友。室友上完厕所后狠狠地摔了下门。

我的室友是一个长得非常随便的胖子，一看就是常年找不到女朋友的那种类型。如果不是北京房租太贵，我是不愿意跟这种没有女友的危险人类合住的。

我和女朋友常常暗地里吐槽他糟糕的穿着、嚣张的鼻毛，还有那站在隔壁楼都能听到的刺耳鼾声。在这个看脸的世界，这样的人一辈子找不到女朋友也不奇怪。

③

女友剃了光头之后，我给她买了帽子和假发，她心情好的时候会主动戴上，心情不好了就需要我把她哄开心了她才戴上。为了不在朋友们面前折面子，自从她剃了光头后，我每次哄她都很认真，说出的每句话都会斟酌一下，我们的关系似乎又回到了刚开始恋爱时的样了。

其实刚恋爱的时候，女友是不爱哭的。

女友出生在一个离异重组的家庭，从她出生父母就开始争吵，一直到她长大离开家庭遇到我，才算是过上了相对平静的生活。

刚在一起的时候她就说："我容易哭，遇到事情你记得让着我，我们不要吵架好不好？"

我满口答应，并且暗暗发誓要让她过上安乐祥和的生活。我觉得她以往的生活够不幸了，我应该是她人生的转折点才对。

可惜好景不长，因为工作不顺，我有一阵子心情非常不好，跟她说话的时候明显有些敷衍，当她拿起一件新衣服问我粉色好看还是白色好看的时候，我却在专心地玩着游戏。我过了好久才问她说什么，她嘴上说没什么，眼睛里已经写满了失望和委屈，但她没有哭。她那时候似乎也在跟自己较劲，她也说过和我在一起就不能哭之类的话。

她第一次哭是在我们在一起五年之后，原因是我的初恋女友回来找我。

初恋和我在一起的时间很短，那时候不是很懂爱情，懵懵懂懂地在一起了，后来她跟随父母去荷兰了就分手了。

五年后再回来，我有了新女友，她却一直没有找新男友。不过她回来也只是找我吃个饭而已，在初恋眼里分手了还可以做朋友，而在女友眼里从此初恋就是她最大的情敌，或者说是假想敌。女友把我初恋的微博设为特别关注，还用小号加了她的 QQ。初恋的一举一动都牵动着女友的心。

“你不是说她不会回国了吗？你心里是不是还想着她？”“我就是不想看她过得好。”女友常常这样质问我，或者自言自语。

其实我很清楚，女友会在乎初恋，只是因为自卑。

如果说女友是美女，那初恋可以说是仙女。女友出生的家庭是重组的，初恋的父母都是原配。女友大学没念完就退学了，初恋读完了研究生还打算读博士。女友的妈妈经常给她打电话要钱，初恋的父母给了初恋一张不限额的信用卡。

用女友的话说就是：“她懂四国语言，我连英语都说不好。她吃饭都去五星级酒店，一顿饭是我一个月的工资，我吃饭不是在家做就是路边小摊。她的父母有亿万资产，我的妈妈还要用我的钱来维持生活。你为什么不选择她，跟她在一起你可以少奋斗几十年。”

最初我都会说：“我就是喜欢你这样的，钱财之类的东西我不喜欢别人给我，我觉得还是自己挣来的花着更踏实，孝敬父母是我们做小辈的本分，至于语言，你想学的话，八国语言你也能学会。”

但不管我怎么安慰，怎么解释，甚至怎么贬低初恋，女友还是会隔三岔五地哭一场，有一次我半夜醒来听到她用丽江方言说梦话，模模糊糊的，我听懂了她哭泣的原因大都是因为看了我初恋更新的空间——过去的就这么过去了，你说我听，转瞬成为曾经。主说一切皆有时，却宣扬自己的永恒。没有什么可以经久传承。誓言这东西，时间不做尺，我只想许诺你一抹笑容，微微的暧昧，微微的你懂我懂。

女友觉得初恋还在跟我暧昧着，我解释说初恋只是为了押韵才这么写，但女友不管，她哭着说：“你初恋女友比我好看，比我有钱，连才华都在我之上，你为什么不选她？”

解释多了就是掩饰，女友始终觉得初恋的存在对她是一种致命的威胁。为了逃避这种威胁，我带着女友来到了初恋不可能出现的一个城市，为此放弃了坚持多年的生活和很好的前景，但无所谓，有情饮水饱。

到了新的地方，我更加努力地工作，薪酬虽然比过去少了，但陪女友的时间多了。我以为我们的感情会渐渐好起来，却没想到有一天女友醒来后突然幽怨地问我："你说怎样才能让你的初恋过得惨一点儿？我又梦见她来拆散我们了。"

听到这样的话，我才意识到女友的心理出了问题。初恋已经成了女友的心牢，不管我们搬家到哪里，只要她的心还在这座牢里，我们就没法愉快地生活。我打算带她去看心理医生，被她强烈拒绝。我只好自己翻心理学方面的书籍，然后试图用正能量拯救她："想要无视一个人，最好的办法是让自己变强，超越对方。等到你俯视都看不到她的时候，你对她的介怀自然会消失。"

"可是我不想努力变强，那不知道要过多少年，我就想不费力气就看到她过得很惨。"

其实说来说去，我想女友的初衷还是怕失去我。所以不管女友的想法怎么不健康，我还是爱她的，一晃我们就在一起过了七年，直到她剃了光头。

她用光头证明了我还是在乎她的，但她还是不明白我的初恋为什么一直不找男朋友。我也不明白为什么翻看初恋的各种消息会成为女友的睡前习惯。更不明白为什么过去七年了，人体的细胞都可以全部更新一遍了，初恋却还是只长智商不长情商。但我并没有像女友那般为这种事情烦恼，找不找男朋友，那应该是初恋的妈妈该关心的事情。

④

人的头发剃光了可以再长出来，人的感情用光了，就再也无法爱上任何人。几个月后，女友终于可以不戴帽子出门了。新长出来的头发乌黑浓密，比之前的好多了。我把手插进她的头发里揉捏，感觉比我刚认识她的时候更美了。

“你是不是只是把我当作你的玩具？”女友突然蹦出这么一句。

“怎么会，你是我未来的妻子，也是我未来孩子的妈妈。”

“我们会永远在一起吧？”

“当然，我们都已经在一起七年了。”

没隔多久，女友又把头发剃光了，她说她觉得她在光头的时候，我爱她更多一些。她觉得她剃了光头，才能吸引到我更多的注意力。

的确，一个光头在你面前晃来晃去，你想无视都难，她剃了光头之后，我就很少打游戏了，我把时间全用在了跟她一起挑选假发和帽子，挑选各种品牌的促进头发快速生长的药剂上。半年的时间，我从一个对头发一无所知的人变成了这方面的专家，我甚至觉得有天我秃顶了也不用发愁，我有上百种应急方法可以解决没有头发的尴尬。

但是在她第二次剃光头发之后，我还是绝望了。你无法叫醒一个装睡的人，同样你也无法治好一个装病的人。我始终不是万能的。

我觉得我们需要分开一段时间，七年的形影不离让我们的关系变质了。我试着用她可以接受的方式把我的意思表达出来。她明白之后，果断地说，那就分手吧，你去找你的初恋，她能带给你更多。

感情弄到这种地步，人容易疯掉。

我开始喝酒，一开始是菠萝啤，然后是红酒，啤酒，白酒，我想喝醉了揍她一顿，却始终下不去手。

有一天我从超市买酒回来，刚一进门，就看到室友的房门敞开着，女友坐在室友的椅子上，室友正在手把手教她打游戏。

女友是个有洁癖的人，每次坐地铁、回家开门、上厕所、坐公交，她都要带足了塑料袋和隔离垫，而这一次，她一屁股坐在室友那肥腻的身体摩擦过无数次的椅子上，不垫任何东西，还任凭室友肮脏的爪子捏着她柔软的小手。

她最反感我打游戏，觉得在我心里游戏比她重要。而这一次，她看到我回来，竟说："你先去做点饭吃吧，我玩完这一局就回去。"

既然你已经不在乎我了，那我就跟你最嫌弃的男人在一起，在你最痛的地方插上一把刀，唤醒你对我的爱。

我知道她是怎么想的。

只是这一次，我不愿意配合了。

⑤

和女友分开后，我选择了逃避，独自找了一个小城市靠写作为生，再没有谈过恋爱。

女友的 QQ 头像再没有亮起过，签名永远是那一句——和你分开后，我不会再为任何男人蓄发。我守着这个样子，只为有一天街头相逢，你能在茫茫人海中，一眼认出我。

有时候我会在梦里又看到哭泣的她，醒来后习惯性地去看她的空间和签名，她再没有更新过。

直到后来我回到北京，在和朋友的饭局上遇到初恋，她仍是国内国外两边跑，她问起我跟女友的事情，我说早分手了，之后再没联系。

初恋说："她去年结婚了，还邀请我去参加她的婚礼，我没去。"

"结婚了？"我有些错愕，跟着问道，"她为什么要邀请你？"

"我怎么知道，我跟她又不熟，不过现在想想，她可能觉得邀请了我，我就会告诉你吧。"

饭局散的时候，我问初恋这么多年为什么一直不再谈恋爱，她笑了笑，说："我现在喜欢姑娘。"我知道她在撒谎，但也懒得戳穿了。有时候人不愿意说真话，只是因为说出真话会尴尬。

初恋有车，我因为听到女友结婚的消息心里有些堵，就没让她送我。只在临别时，加了对方的微信。

看着初恋的车渐渐消失在视线里，我开始在街头闲走，脑袋里一幕一幕全是女友哭泣时的样子。

不知道走了多久走了多远，感到有些累了的时候我在街头蹲了下来，泪水滑过脸颊的时候，我还以为是下雨了。有一辆出租车停在我面前，我就坐了上去。

我让司机师傅先随便开着，我靠着窗户，看北京的夜景，看一个个我和女友一起去过的地方，街还是那样的街，店还是那几个店，只是人都变了，物是人非，大概就是这种感觉。

车开到三里屯的时候，初恋发来一条微信，她说当面不好说，其实这么多年没恋爱，说简单点儿是没遇到对的人，说复杂点儿就是一个人惯了，而且一个人也不缺什么，不知道为什么非要恋爱。多少人以爱的名义在一起，最后却都变成了相互束缚。谁规定人生下来就一定要恋爱结婚呢？这么说可能很多人不理解，所以这复杂的说法平时都懒得说。

我没回复，过了一会儿，初恋又发了条微信，里面是女友的结婚照和女友的微信号。这么多年了，女友竟还保持着关注初恋一切消息的习惯，而初恋，大概在第一次女友用 QQ 小号加她的时候，就猜出是女友了吧。

我犹豫了下，还是加了，她立刻就通过了验证，但没有说话。我一条条看着她发的朋友圈，有美景、美食，有老公，还有一个孩子，看上去很幸福的样子，她的头发也长到了我们热恋时的长度。原来分开后她的生活并没有断过，不更新空间和签名只是因为她开始用微信了。

想了想，我还是把她删了，尘归尘，土归土吧，分开了就是分开了，当初分手时没挽回，现在出现也只会给对方添堵吧。

想通了之后，我就对出租车司机说：“去团结湖。”

那是我和女友第一次相遇的地方。确切地说，是前女友了。

CHAPTER 04

修琴师的两次爱情

①

我喜欢高山流水，她喜欢假面舞会。

年少时因为不同而相互吸引，时过境迁，终将因不合而分道扬镳。

②

修琴师刚到北京的时候，和他的女朋友住在北五环一个破旧小区的六楼。一室一厅的房子，墙壁斑驳、地板翘裂。一到秋天，厨房、厕所和衣柜下面的阴暗处就爬满了蟑螂。

但那时候北京的天气是极好的，没有沙尘暴和雾霾，在房间里待闷了，他们就到小区外面散步。附近有一条河，河水虽算不上清澈，却也还能养活鱼，有很多有信仰的人周末从很远的地方过来放生。

修琴师的女朋友叫六六，和修琴师一样是成都人，他们是结伴来的北京，或者说，是修琴师陪六六来的北京。对于修琴师来说，这一趟北上，既是不顾一切的爱情，又是说走就走的旅行。

六六学的专业是法语，待在北京、上海之类的城市会更有前途一些，不像修琴师有祖传的修琴手艺，只要带着鱼胶、鹿角霜和生漆，在哪儿都能生活。

来北京的时候高铁还没有开通，修琴师买到了两张火车票，都是靠窗的硬座，虽然要坐三十多个小时，但因为两个人都是第一次出远门，新鲜感消除了不少疲惫。

六六的妈妈提前三天就开始准备各种糕点，临上车的前一天还卤了一锅修琴师最爱吃的猪蹄，他们上车的时候除了衣物之外，拎着满满三袋子吃的，上车就开始吃，车开到保定才把东西吃完。

修琴师后来独自坐火车去了很多地方，每次上车前都习惯买很多吃的，下车前一定会吃完。这个不算毛病的习惯，便是源于那一次长途之旅。

刚到北京的时候，修琴师找不到活儿干。北京是高速发展的现代化城市，弹古琴的已经不多了，就算有一些，琴坏了他们也习惯买新的，而不是去修。

好在来的时候带的钱多，修琴师也不急，只要在第一年房租到期之前找到活儿，建立起自己的人脉网，就不怕日子过不下去。

六六的状况也不好，一到北京就病倒了，先是水土不服，后来变成肠胃炎，好不容易好起来了去找工作，也是屡屡碰壁。北京机会多，人才也多，在激烈的竞争中，六六这个说话还带点儿四川方言的漂亮姑娘，优势并不明显。

但他们都是爱面子的人，并不想轻易回去。尤其是修琴师，来之前信誓旦旦地答应了六六和六六的妈妈，如果就这样无功而返，他觉得对不起六六。

后来他们去熟食摊买猪蹄，看到很多人在买驴肉火烧，就顺便买了几个。回来就着自己煮的豆腐汤吃了，味道还真不错。

于是六六就劝修琴师说："你看在咱们老家，卖猪蹄的绝对不会卖驴肉，都讲究专业，不会搞兼职。而这里呢，都在搞兼职，没几个把专业做精当回事儿，卖猪肉的也卖驴肉，卖烤冷面的也卖手抓饼。"

修琴师还在回味驴肉火烧的香味，不是很懂六六的意思，就问："所以呢？"

"所以我觉得你不一定非要修古琴，小提琴和口琴也可以修一修。"

于是修琴师就开始修各种琴。等到六六和修琴师分手，修琴师搬出他们刚来北京时租住的小区时，他的业务已经拓展到了修锅、修鞋、修眼镜，虽然跨度有点儿大，但好在都还是在维修领域。

通过新业务的开展，修琴师的心胸也开阔了，他渐渐不再觉得修鞋、修家具是俗事，如果不是天赋不允许，他还想去修电脑和手机。

在修理坏掉的乐器和家具等生活用品的时候，修琴师认识了一群独特的朋友。他们都是怀旧的人，不管家里有钱没钱，东西坏了首先想到的是修，而不是扔了买新的。

这群人对待感情也是一样的，和在乎的人在感情上出现了裂痕后，他们首先做的就是想尽一切办法修补裂痕，而不是眼睁睁地看着裂痕越来越大，然后找个合适的时机分手，换个新的人继续生活。

在和六六的感情出现裂痕的时候，修琴师首先想到的也是修补。但他天生情商低，鱼胶、鹿角霜和生漆也帮不上他的忙，六六化了大浓妆出门的时候，他只会嘱咐一句“早点儿回来，路上小心”，从来不敢硬拉住六六说：“咱们不去了。”

在成都的时候，六六有六六妈管着，心还没那么野。而且在成都的时候，修琴师因为本领独特人也老实长情，六六还是很喜欢他的。到了北京，见识到了大场面、大人物的六六，开始觉得自己的男朋友太不起眼了。

找了工作有了自己的朋友圈子之后，六六从来没有带修琴师参加过朋友的聚会。修琴师也不在乎这个，他摸着一把古琴，就能打发掉一天，六六不在的时光里，修琴师就把古琴当作六六。

六六在北京待了两年后，终于腻味了，她想到更大的地方去，但不想带着修琴师一起。六六眼里那个更大的地方在法国的东南部，一个具有文化城之称的叫里昂的地方。六六让修琴师在北京等她，并且和她一起瞒着六六的妈妈。

修琴师答应了，还卖掉了随身携带了二十多年祖传的那把古琴。他把卖琴的钱给六六做盘缠，因为那个地方太远了。去很远很远的地方，一定要带足盘缠，这是六六妈在成都送他们上车时说的话，六六妈不在身边之后，修琴师感觉自己快变成了六六的妈妈。

六六到了里昂后，经常打电话回来，最初修琴师是非常期待六六的电话的，在这个举目无亲的大城市里，听到六六用方言跟他讲话，他会觉得格外亲切，仿佛他们还在成都，还在相爱，还在那个懵懂无知的年纪里。

修琴师住所的楼下有一个花坛，在六六刚走的那段时间里，每想六六一次，修琴师就会在花坛里埋下一颗紫罗兰的种子。因为六六跟他说过，紫罗兰的花语是永恒的爱。修琴师希望花开时，六六能回来。希望他做梦的时候，六六也在想他。

在修琴师看来，他们的爱是一点一点从泥土里生根发芽、渐渐长大的，尽管现在看上去蔫蔫的不如市场上来路不明的那些鲜花好看，但总有一天，六六会明白还是知根知底的花好，会给它时间让属于他们的花真正盛开。

③

一个人去河边的时候，修琴师会先去一趟农贸市场，买一些活鱼、活虾，虽然他没有信仰，但放生会带来好运这种说法在六六走后对他来说是一种安慰。

六六在电话里说里昂有很多很多的河流，罗纳河和索恩河更是穿城而过。修琴师希望自己放生的鱼能漂洋过海去法国，代替他去看看六六。

修琴师知道六六刚到法国的时候过得不好，但他从没有劝过六六回来，最多只会含蓄地说六六妈那边他快瞒不住了。六六才不管这些呢，打回来电话大多数时候都是要钱。

修琴师非常期待六六的电话，但又不想六六过得不好，这就让他很矛盾。六六过得好的时候，根本没空给他打电话。

时间久了，他也就习惯了没有六六电话的日子。他开始把心思放在挣钱上，他想等钱够多了，也许他也可以去法国。

有时候放生完鱼虾，他会站在河岸边对着水面喊“努力、奋斗！”或者“累了就回来吧！我等你！”之类的话，就像《喜剧之王》里站在海岸边狂喊的周星驰，很傻，很无奈。

接到六六说分手的电话的时候，修琴师正在努力地粘好一双邻居送来的开了胶的鞋子。六六在电话里满是愧意，毕竟在一起这么多年，六六妈已经把修琴师当作女婿了。面对六六的愧疚，修琴师不住地安慰着，就好像爱上别人的姑娘不是他的女朋友。

挂了电话之后，修琴师哭了。他觉得很累，北京的天气越来越不好，他埋下的种子始终没有发芽。他觉得他想要的生活，可能永远也实现不了了。他甚至有些后悔跟着六六来北京，也许他当初强硬点儿、坚持点儿，六六就不会来北京，不会去法国，不会爱上别人。

但一切都回不去了。后来六六妈打来电话，修琴师心如刀绞却不动声色地说：“不怪她也不怪我，只怪年少时不懂爱情，以为喜欢上了就会是一生。”

④

修琴师后来离开了北京，也没回成都，东游西荡去了很多地方，最后在绍兴停了下来。

绍兴和成都有一些相似的地方，怀旧的人很多，需要修的琴也很多。不过修琴师在这里停留不是因为琴，而是因为一个靠调琴为生名叫阿绣的姑娘。

修琴师刚到绍兴的时候，和平常一样，先去了一些琴行。阿绣供职的地方就是一家琴行，有客人买琴的时候她就负责帮客人把琴调好音，没客人买琴的时候她就负责弹琴招揽客人。

修琴师被琴声吸引，驻足，然后叹气。

阿绣十指修长，原本是弹钢琴的天才，因为家境不好，一次意外弄伤了手指，没能及时治疗。再后来阿绣以调琴为生，用力过度，手指渐渐僵硬，演艺水平便不如众人了。不过从未有人为阿绣的手指叹过气，因为她是一个盲人，手指再灵活，在世人眼里也是不幸的残疾人。

听到修琴师叹气，阿绣故意弹了一首难度极高的曲子以示不服。修琴师笑，抚着店里的古筝，用音乐跟阿绣做了一番交流，两人因此结缘。

在一起之后，修琴师对阿绣说："你想去哪儿，我带你去，做你的眼睛，替你看，再讲给你听。我知道你们女孩子都喜欢去远方、去大的地方，你虽然看不见，但到了远方，你可以听到不同的声音，闻到不同的味道。"

阿绣说："我不想去远方，因为你身上就有远方的味道，我觉得远方是愁苦的，我们一直待在绍兴就好。"

修琴师已经跟阿绣在一起五年了，他们养育了两个女娃娃，一个学修琴，一个学弹琴，一家四口在一起其乐融融。修琴师觉得很开心，觉得是阿绣给了他第二次生命。他常常会想起阿绣刚认识他时跟他的交流。

“你身体健康，来去自如，为何总是闷闷不乐？”

“我失去了我曾经视如生命的爱情，现在的我，虽然来去自如，却如同行尸走肉。”

“你不该只想着你失去的东西，你应该多想想你拥有的东西。你有手有脚，能看到、能听到，已经比很多人都幸福了，起码比我幸福吧。”

“不能这样相比的，你从来就没有看到过，所以不会觉得看不到有多遗憾。而我，曾经真真切切地拥有过那份爱。从未得到和得到后再失去的感觉是不一样的。”

“那你就歇一歇，听我给你弹一曲。”

阿绣不像其他人，没有跟修琴师争论对错，甚至不提自己曾经失去灵活手指的事情。她只让他听琴，这让修琴师感到非常温暖。他漂泊了那么久，早就累了。关于爱他也早已放下，但他还是不愿意承认自己爱错了人。

他只是想歇一歇，有一锅不需要修鞋就可以吃到的猪蹄，有一个能听到琴声的被窝，这就够了。他爱一个人爱得精疲力竭、失去自我，何必再去指责他，给他一点儿爱，他自己懂得如何在原地满血复活。

⑤

◇◇◇

或许幸运的人一生都会遇到两次爱情，一次耗尽了热血，一次融化了坚冰。

而不幸的人，只遇到过一次，从那以后，即便身处万花丛中，也难有笑容。

CHAPTER 05

人生的意义

六岁入学，连续六年成绩在全校排名第一。十三岁厌学，次年退学。漂泊四方一年，十五岁进入艺术学校学习器乐，十七岁再次退学，十九岁开始正式写作，二十五岁开始正式工作。如今二十七岁，回想下，五年蒙昧无知，八年寒窗苦读，两年朝九晚五，十二年浪迹江湖。

最怀念的，是混在艺术学校的那段时光，无知无畏，远离家乡，没有约束，又不至于饿死。除了那两年，剩下的二十五年，不是笼鸡有食汤锅近，便是野鸡无粮天地宽。

想既有食，又有宽广的天地，真是难而又难，起码我活了二十七年，都没有做到这一点。而我仍要活下去的未来，全是奔着这一个目的去的，说好听点就是过自由自在又衣食无忧的生活。

我读小学时，武侠剧热播，最爱看《笑傲江湖》，记得里面有一首诗，传说是李白所写，名叫《人生江湖》，全诗是："天下风云出我辈，一入江湖岁月催；皇图霸业谈笑间，不胜人生一场醉。提剑跨骑挥鬼雨，白骨如山鸟惊飞；尘世如潮人如水，只叹江湖几人回。"

只叹江湖几人回。

我会在这时候写文章纪念过去，便是因为这句，翻译成现代文就是，我们再也回不去了。而过去我一直以为我能回去的。十四岁退学离开家那年，我就对自己说："别怕，放肆闯荡吧，大不了回家做 ××× 店老板家的儿子，再不济老家还有十几亩地、十几间房，做个南山采茶的隐士总是没问题的。"

我最喜欢的诗人李白的父亲就是个商人，我最佩服的诗人杜甫的老家就在河南，所以离开河南外出闯荡的时候我是非常乐观的，觉得混好了就是李白，混不好就是杜甫，反正不是成仙就是成圣，怕个鬼啊。

刚踏入江湖时，我身上只有五元钱，完全不知道做什么好。因为挣脱了笼子，我首先要解决的问题就是生存。怎样才能做一只比笼鸡吃得饱的野鸡呢？我思考了一年，饿了一年的肚子，然后决定去学一门技能。而对于一个年轻人来说，最酷炫的技能莫过于玩摇滚了，所以我就进了艺术学校。

在艺术学校的两年里，因为光顾着谈恋爱，忘了自己回到校园的初衷，导致专业成绩一塌糊涂，最后只能混在小乐队里在别人婚丧嫁娶时挣个辛苦钱。

但是靠着在音乐方面的那点儿技能，我总算能吃饱还能云游四方了。那一年我十七岁。父母多次催促我回家继承家业，童年时的小伙伴有些已经当了爹。

为了摆脱家人的控制，我满中国游荡，认识了很多作家，发现他们的作品都跟"屎"一样，于是我也开始写了。算起来从十七岁开始写着玩到十九岁开始正式写，我写文章的经历至今已经有十年了，十年过去，我还没有写出一篇自认为非常好的文章，可以像我的老乡杜甫或者跟我一样出身的李白写的那种好的文章。但是好在，我周围的作家们比我更不争气，写得比我好的活着的至今只有屈指可数的那几个人。

不过写作从来就不是我的梦想，我的梦想按说应该是云游世界，可自从开始写作之后，日子就过得穷起来了，而且是越来越穷。十年前发几篇文章就能优哉游哉地混上一年的时光一去不复返，现在一年出四五本书都不够开销了。

于是跟着大批转影视的作家，我也一起进了影视圈，每天的各种改，异常痛苦。世界上为什么会有电视剧这种产物？简直是泯灭人性。我在发出这样的怒吼的同时，再一次审视了一下我的退路。

时隔十二年，家业已经被哥哥继承，房子也都破旧不堪，甚至连那十几亩土地，因为长久没有人耕种，最终也难免被合并的命运。河南已经在实行城市户口和农村户口合并为居民户口的政策，失去原有的户口对于漂泊在外的我来说就像失去了根的野草野花。

只叹江湖几人回。不是不想回，而是真的回不去了。我必须咬牙切齿地混下去，不写电视剧可以，大不了不住高楼大厦就是了。但如果小说也不写了，多半会饿死。

而真正决定下半生都写小说了，我又打算换个笔名。早些年因为仰慕古龙，从古龙的三部书《天涯明月刀》《流星蝴蝶剑》《边城浪子》里前、中、后各取了一词，便有了“天涯蝴蝶浪子”这个笔名。

但如杜甫那句诗说的一样——百年歌自苦，未见有知音。

我遇到太多嘲弄这个笔名的人了，久而久之反倒不愿意换了。

生活在这个俗世，不是嘲弄别人，就是被人嘲弄。没有人能从这个笔名中读出“小李飞刀成绝唱，人间不见楚留香”的悲凉来。就像很少有人能明白“安妮宝贝”为什么要改名叫“庆山”。

话说回来，之所以觉得二十七年中只有在艺校的那两年是快活的，主要原因除了衣食无忧又自由自在之外，更多的是在那时候，我明白了人生的意义。

在那以前，我整个人是十分迷茫的，不知道自己想要什么，却知道自己不想要什么。童年时的蒙昧无知也就罢了，少年时在学校被老师和家长洗脑是我最不能忍受的，浪费了那么多时间，只是让我变成了一个不知道自己要干吗的人。甘罗十二岁就做宰相了，而我十五岁的时候，还在苦苦地思考自己未来究竟该干什么。

在那两年里，我开始接触摇滚乐，我的摇滚导师告诉我，如果想知道人生的意义，得先明白人死的意义。懂得了死亡，也就无限接近了生。

死亡意味着一切归零，不能吃、不能玩、不能动弹，没有任何意识和知觉。如果以此为基础，那么我还活着，我还能动弹，还能吃喝玩乐，就足以值得我谢天谢地了。

进一步说，既然注定要死，何不放肆地生。为了梦也好，为了不做一个庸碌的人也好，有了目标，就去拼搏。人生的意义，就是不断拼搏，不断进步。不求超越任何人，但求每天都超越昨天的自己一点点。

有了这样的觉悟之后，我开始疯狂弹琴、疯狂写作、疯狂行走，弹琴固然是没有弹出什么名堂，但写作，迄今为止我已经发表了近百个短篇、十余本单行本，一厢情愿地影响了近百万人。

行走也是，虽然一直梦想的环球旅行还在酝酿中，但十二年的漂泊生涯，已经让我走遍了国内我想去的地方。

而这两件事，完全是无目的的，顺其自然的，一点一点积累的。我对自己说，活一天，就要写、要走、要看，要让自己对得起这来之不易的生命。

所以不断地写，不断地走，随着时间的流逝，功名成就一点一点就积累了起来。如果是从一开始就一定要实现什么，反而容易被宏大的目标压垮。

不为成为什么样的人，只为对得起眼下这一天。因为在艺校的那两年里，从摇滚乐里有了这样的领悟，所以我才能一直不放弃地行走到今天，包括这篇文章，也是为了不虚度今日这光阴而写的。

晚唐诗人罗隐有两句诗，叫“今朝有酒今朝醉，明日愁来明日愁”。初看会觉得太消极，但细细品味，这消极中尚暗藏着一种能量，不为明日而愁，不为昨日而忧，一心过好今日。而过好了今日，便过好了一生。因为漫长的一生，正是由无数个今日组合而成的。

CHAPTER 06

■ ■

像风一样自由

①

◇◇◇

醒来的时候已经是下午五点，这个午觉睡得有点长，不过如果不是天气太热的话，我可能会一口气睡到晚上七八点也说不定。

对于我来说，吃和睡是人生最快乐的两件事，而睡相对于吃来说又比较节约成本，所以只要吃饱了，我肯定要大睡一觉，睡够了才有力气继续吃。

身上冒了一层细密的汗珠，这证明我是被热醒的而不是饿醒的，温度已经逼近四十摄氏度，新闻里说已经有好几个人被活活热死了，我向他们致敬。

摇头晃脑的风扇被我调到了最高挡，但只能起到一些心理安慰的作用。我住的是七层的老房子的七楼，在这种暴热的夏天，住在这么高的地方，除了没有蚊子之外，实在找不到别的优点了。

房间里倒是有一台空调的，但是太费电了，如果不经常关着的话，一个月要花四五百元钱电费。我怕被热死，但更怕生不如死，钱用完了就会让人生不如死。

刚看到小说的标题的时候，你可能会觉得主人公是个动不动就会来个说走就走的旅行的高富帅，看到这里你肯定要失望了，我也不想让你失望，可谁让我是个诚实的作者，打小口袋里就没有装过超过三百元钱的我，你让我写高富帅我就只能撒谎了。看在我这么诚实的分上你就继续勉为其难地往下看吧，不准呵呵。

我起来冲了个冷水澡，说是冷水，已经被晒得温热了。然后去冰箱里抱出半个西瓜，打算到阳台上吃掉它。在这样炎热的夏天，也只有吃冰西瓜的时候，我才觉得这个世界还有它善意的一面。

阳台上时而吹来的自然风，比风扇带来的感觉要舒服一些。我吃几口西瓜就看几眼近处的高楼和远处的天空。我所在的城市可以说是一无是处，如果不是天空还算美丽，房价足够便宜的话，我恐怕早就离开了。

但即便房价和其他的省会城市相比足够便宜，我还是买不起房子。

我从很远的地方来到这里，本来是想赚足了钱回去的，结果来了之后就走不了了，也可以说是万念俱灰，哪儿都不想去了，悲惨的生活彻底摧毁了我的信心，我觉得自己都已经这样了，就老老实实地待着吧，再去哪儿都是造孽。

究竟这里的生活有多苦逼，我后面慢慢说，现在先说点好的，毕竟是开篇，抱怨太多就没人看了。这个苦逼的城市也带给了我一些好的东西，比如成熟。

到这里生活一年后，我竟涌起了和一个人扯个证认认真真过一辈子的念头，多少美少女在知道我动了这样的念头之后，彻底放松了警惕，以致换来心死爱消的悲惨结局，这个也需要后面再说。看到这里你可能要生气了，这也后面说，那也后面说，那请问作者你现在到底要说什么？

别着急、消消气，这大热天的生气容易上火，上火容易中暑。（读者：有科学依据吗？）咱先喝口凉茶，吃块儿西瓜，听我慢慢说。

其实想留在这个城市，主要还是因为遇到了个靠谱的水瓶座女生的缘故。她比我小四岁，但是很有母爱，很聪明也很傻，这样说并不矛盾。聪明是指她没事能从我的言谈举止中扯出一点儿蛛丝马迹，然后顺藤摸瓜把所有跟我关系不太正常的女生都揪出来，比名侦探柯南差不到哪儿去；傻是指查到这些乱七八糟的事儿之后，她怒发冲冠、气急败坏、仰天长啸，却不会对我使什么坏，最多就是在微博、QQ 签名或者微信朋友圈里匿名骂几句“人渣”和“婊子”之类的话。

如果我因为她骂人而提出分手，她会苦苦挽留；如果我不说分手，说出一番痛改前非、重新做人和所有乱七八糟的女生划清界限的话，她就会转怒为笑，彻底原谅我。

这样又聪明又傻的女生，如果不好好珍惜，还真是有些不厚道，当然，我从来也没有厚道过。

吃了半个冰西瓜之后我觉得整个人又活了过来，但是天气依旧炎热，要活下去还是得讲究一些策略。我想了一会儿，既然没人约我，我就继续到楼下的快餐店里消磨时光吧，虽然网上说快餐店里的冰块比马桶水还脏五十倍，但是里面冷气开得让人满意啊。

可能真的是冰块的缘故，我坐了半个小时，用手机下了几盘象棋、喝了半杯加了冰块的饮料之后，肚子突然疼了起来，回想一下，除了这比马桶水还脏五十倍的冰块，还真想不起来吃了别的不干净的东西，当然，即便什么也不吃，我的肠胃也经常会跟我闹别扭。

我起身去上厕所，也许是因为提供用不完的纸的缘故，我觉得快餐店里的厕所也是美好的存在，每次蹲下之后我都觉得如果不多蹲一会儿，就是一种对美好的浪费。

所谓的占着茅坑不拉屎，拉完屎还要占着茅坑，就是对我此时心境的最佳描述。我继续下刚才在外面没下完的象棋，这时候突然响起了敲门声。

一个稚气的声音在门外问："里面有人吗？"

我说"有"。透过门缝往外看，是一个四五岁的小朋友。

"叔叔，我也想上厕所。"

这一声叔叔叫得我腿一软，更站不起来了。叫一声哥哥又不会死人。我没好气地回了他一句："你等着。"

话刚出口就听到小朋友机关枪一样地哀求："叔叔，叔叔，你快点儿吧，我快拉到裤子上了，求求你了叔叔……"声音越来越小，眼看要急哭了。

我一个不忍心，想安慰他一下，让他不要着急我马上出去，结果他突然又来了句："叔叔你还在吗？"

一句话问得我贱心大发，就回了他一句："叔叔变成蝴蝶飞走了。"

小朋友在门外号啕大哭。

那哭声让我深深地体会到了窦唯那句"地狱天堂皆在人间"的含义。果然世界上最遥远的距离，不是我们都在上厕所我带了纸你没有带，而是我在上厕所你在门外等我。

幸福果然是相对的，没有绝对的幸福。人生在世，能在想上厕所的时候上厕所，就是最幸福的事情了。再无忧无虑的人，该拉屎的时候你让他憋着，他都会在心里留下阴影，仇视这个社会，一辈子都不会怀念童年。

在小朋友的哭声中我更新了一条微博：“我在人民广场的厕所里下象棋，而此时此刻你在哪里？”

我想如此惨痛的生不如死的经历，足以让这个小朋友长大后变成一个忧国忧民、深知民间疾苦的作家，我小时候就是这么过来的。

是的，我是一个作家，之所以敢大言不惭地称自己是作家而不是写手或者码字的，是因为还真是出了足够多的书、发表了足够多的文章，并在国内足够有影响力（这还不是大言不惭啊），我甚至过度自信地觉得自己死了之后可能会更进一步被尊称为文学家。活着上报纸，死了进博物馆，说的保不准就是我这种人。

不过虽然听起来光鲜亮丽，其实里面有多艰辛你前面也感受到了。除了作家这个身份之外，我还在一个广告公司担任首席策划的工作，说是首席策划，其实下面一个人也没有。每天的工作内容就是帮人写广告，诸如“别让这个城市留住了你的青春却留不住你”之类的句子。

我并不热爱我的工作，出来上班纯粹是为了多赚点儿钱买吃的，同时也多锻炼点儿生存技能，万一哪天江郎才尽写不出小说和杂文了，不至于饿死就足够了。

看到这里你如果以为我这本书是要写自己的自传，那就大错特错了，自传我之前已经写过好几本了，现在这本是完完全全的一本讲我身边人的故事的书。（不过也说不定，因为我总是写着写着就跑题了。）

咱们回过头继续说我那个水瓶座的女朋友，我是在一个选美活动中认识她的，在所有人都通过电子邮件的方式发送自己的照片的时代，只有她选择了快递洗好的照片给我。虽然我也承认一切都在电子化，连我自己都在用电脑写作，也承认电子杂志和电子图书阅读起来是比纸质的东西方便快捷，但我个人还是喜欢看纸质的东西。我想就像咖啡、奶茶之类的饮料固然不错，但永远也无法取代冲泡的茶；电子游戏虽然过瘾，但永远也无法取代面对面下象棋一样，电子读物永远也无法取代纸质读物。

相片也是纸质的，单就这一点，就让我印象很好，更别说她本身就是个身材和五官都超级诱人的美少女了。我翻看着她的照片，把自己作为评审的唯一的一个推荐的名额给了她。在这个不缺美女的高速时代，能沉下心来放慢速度做事的人，需要被珍惜。

不过那时候我还是觉得她很遥远的，虽然很美，虽然我心里也涌起过如果这个姑娘是我的女朋友该多好等邪恶的念头，但毕竟不在一个城市且生活圈子相差太远，我也只是想想而已，没有做任何行动，填有她个人资料的表格连同她的照片一直放在我的办公桌上，几个月过去了，我愣是没有打电话给她。

当然主要是也不知道打电话过去说什么，夸对方长得漂亮自己很喜欢？那肯定会第一时间被当作色狼吧，虽然我还是很擅长调戏别人的，但真面对自己特别喜欢的人时，我还是有些羞涩的。

如果不是后来同事去联系她拍写真，几乎就要错过她了。活在这个有十几亿人口的国家，想错过一个人是很容易的事情。别说这种连天都没有聊过的姑娘了，很多指着天空说要永远在一起的情侣，也都是说着说着就消失在了茫茫人海中。

②

云下是起伏的黄沙，随风肆虐。沙海中间不大的一块绿地上有一棵参天巨树和一个刀形的湖，湖面平静如镜。

巨树名叫望天，百年开花，万年结果，果子只有一颗，名叫西游。有缘人路过此地，摘下果子，就着树下的湖水吃掉，便可上天入地、千变万化、长生不死。

沙海下生活着一只巨灵犀，靠食风饮沙而活，望天树因为有它的保护而不至于被人毁坏。而它的存在，似乎只是为了保护望天树。这种生活非常寂寞，但因为不懂寂寞，它们已经这样存在了数万年。

我每天就写这样的小说，在吃饱睡足又无事可干的时候。从开始写到现在已经过去十多年了，估计写下的稿子打印到A4纸上连起来可以绕我的床好几百圈。

单看上面这个开头，你可能会以为我写的是奇幻小说，但你要跟着往下看就会发现是爱情小说，而且是狗血的爱情小说！我就是这么爱跑题，当然在这个标新立异的年代，你也可以将我的行为理解为不走寻常路。（“美特斯·邦威”没有给我钱，天地良心。）

不过写什么不重要，因为写作从来都不是我的梦想，仅仅是迫于生活而又擅长这个。我早些年的梦想是做一名摇滚歌手。为了这个梦想退学到乐队学唱歌，也弹吉他。还留过长头发，打过耳洞文过身，可惜生就一副破嗓子，唱歌总跑调。硬撑了很多年，还是不得不放弃了。

当时我周围特别多写小说的，发表了文章就请我吃饭，我看他们的文章写得都稀烂无比，就也开始写了，那时候怎么也想不到一写就写了十多年，跟我一起写的那些人现在都不知道去干吗了。

又扯远了，我原本是想说，我在写小说的时候，我的女上司给我打电话，让我陪她去文身。因为女上司是这个故事里很重要的一个角色，所以得告诉大家，她叫熊熊，不是我黑她，是她真叫这名。

不知道熊熊从哪个同事那里听说了我屁股上有一个很好看的文身，或者是自己去厕所里偷窥过也说不定。总之，自从知道了我文身这件事之后，她就总要我带着她去文身。

我婉言谢绝了无数次，因为提到文身就会让我想起我破碎的那个音乐梦。当初我胳膊上、背上、胸前都是文身，后来都做手术洗掉了，只剩下屁股上那个小蝴蝶，算是纪念曾经的年少轻狂。这么私密的事情竟被人发现了，还天天在我耳边念，我怎么能不心烦呢。

可是再心烦，她也是我的上司，上班时间我还可以推说我比较忙，周末我再说自己要吃饭、睡觉、写小说的话她可能就要跟我翻脸了。而且她很可能会对我说："就你写的那些小说，每一本的主人公都是作家，跟自传一样，有啥意思，你就不会学学别人，把主人公塑造成司机、律师、军人、富商、演员、歌手或艺术家？"

为了避免被她吐槽，我关上文档下楼去小区门口等她。她说她会开车来接我，如果不是她太胖的话，其实这应该也算是一个蛮愉快的周末。

熊熊说的那个文身的店我曾路过几次，从未进去过，我觉得这些东西已经距离我有点儿远了，远得像上辈子的事情。而这辈子，我就应该老老实实、脚踏实地地做点儿实在的事情，挣点儿钱、买个房子、娶个媳妇再生个孩子，平平稳稳地过一辈子。那南来北往、东游西荡、痛饮狂歌的生活，我应该忘掉了。

可是熊熊这个胖子，硬拉我去面对我不想面对的东西。如果不是那天在店里刚好遇到了我水瓶座的女朋友，估计接下来一周，我都要在诅咒她每天胖十斤的时光里度过了。

那天距离我看到她寄给我的照片已经过去好几个月了，她和她的男朋友已经搬到我所在的城市生活。她男朋友接下了这家文身店，她在一个健身馆应聘上了瑜伽教练。

当然这些都是我后来才知道的，在她还是别人的女朋友的时候，我就只知道她好看。黄金比例的脸和身材，紧致柔滑的肌肤，还有看上去很结实的头发。这样的女生，就是仅仅看过一次照片也能让人过目不忘。尤其是她那混血儿一般的眼睛，极易辨认。

不过在熊熊文身的时候，我并没有对我未来的水瓶座女朋友说我的身份，她也认不出我。在她眼里我们就只是她男朋友的顾客，她可能还会感到诧异——我看上去不像是一个重口味的人，怎么会陪一个大胖妞来文身。

文身店的空调坏了，只有一台吊扇吱呀吱呀地转着，也许是觉得我坐着无聊，在她男朋友给熊熊文身的时候，她倒了杯冷饮给我。我当时太挫，愣是没有说话，只是偶尔偷偷地看她几眼，看她一脸甜蜜地看着她的男朋友。

那一天我跟她什么也没发生，但是回去的时候我心情极好，主动请熊熊吃了顿烧烤。吃完之后熊熊才告诉我，那个女生她见过。说几个月前她来过我们公司，我同事带她去拍了一组写真，那天我刚好请假在家睡觉所以没碰上，而我那个同事又刚好是那种遇到美女绝对不会介绍给别人认识的人。

第二天我到公司做的第一件事就是找到填有她个人资料的表格，把她电话存到了手机上，但还是不敢打。是的，我不仅很穷也很屃，这就像鸡和蛋一样。因为很穷所以很屃，也因为很屃所以很穷。我想等我有一天不穷了估计就有自信了就不屃了，或者有一天我不屃了就会跟着摆脱贫穷。

存了号码之后，微信提示我她的手机号码开通了微信，于是我就算是顺藤摸瓜（读者：用这个词真的好吗？）加了她的微信，写验证消息的时候，我踌躇了很久，还是写上了我们高大上的公司名。因为虽然我写了很多书，但在我国读书的人太少了，而我在公司又是一个默默无闻的人，所以还是写公司名比较好，她给我们的活动寄过照片，所以对公司名一定不会感到陌生。

果然，一顿饭的工夫她就通过了验证，但并没有搭理我，我也没搭理她。高冷妹遇上我这样的人，基本上都是这样的开场。

在接下来的几天里，我通过她微信朋友圈的内容了解到她就在文身店不远的一个健身馆做瑜伽教练。于是我就在那个健身馆办了张会员卡，这一行为直接导致我一个夏天都没有多余的钱吃西瓜了。

不要笑我，没有哪条法律规定穷人不可以追求自己喜欢的女生。尽管难度大一点儿，尽管看到她的男朋友的时候，我会忍不住感到自卑。

她的男朋友算是典型的大帅哥了，笑起来很像金城武，而且还有一家店。我呢，就一个破屋子还是租来的。不过我并不打算放弃，一个人终其一生，能遇上自己非常喜欢的人的机会寥寥无几，大多数都只能通过荧屏去兴叹罢了，而我的女神近在眼前，不试一试，我怎么能甘心。

③

高富帅劈腿一百次也有天真女生投怀送抱，穷矮矬辜负一个妹子就是渣男。我们现在生活的这个时代就是这样，高富帅似乎天生就可以随心所欲地把妹子，穷矮矬似乎找到一个女朋友就该谢天谢地，好好珍惜。但其实男人骨子里都是一样的，在对待女人这件事上，高富帅和穷矮矬没有区别。更何况我只是不富而已，而财富这个东西不是永恒不变的，我只要勤快点儿，也不是没有机会盘下一家健身馆的。

带着这个乐观（幼稚）的想法，我开始没事儿就往健身馆跑，但我只是去跑步，并不去练瑜伽，只能隔着玻璃看到她。不过这样我已经很满足了，因为当务之急是我要让自己先富裕起来，这时候跟她走得太近，就不仅仅是一个夏天吃不上西瓜的问题了。

跑到她下班的时候，我就回家。因为心里装了人，躺床上就睡不着了，吃东西也不会停不下来了，这样就导致我的时间变得异常的多，且异常的漫长。我把这些时间全部用在了写小说上。这么多年了，我不停地写，却并没有攒下多少钱，归根结底，只有一个原因，那就是稿费太低，文化行业太不受重视。

我自动忽略了自己写得太差劲这一根本原因，或者说是受卡夫卡的影响，纯粹把写作当作写作而已。每次都觉得写出来就好了，不到饿肚子的时候，没必要拿去卖钱。

但如今不仅仅是饿肚子的问题了，已经涉及人生大事了，也就由不得我清高，跑步之余的时间写的小说全被我发给了编辑，换来钱我就存起来。按照我的计划，等我存够了钱，就以工作为理由去约她喝茶，多喝几次应该就能培养出感情了。她要是不愿意单独跟我去喝，就叫上摄影师，反正公司需要美少女的照片做宣传，多拍一点儿也无所谓，让同事去拍不如我自己找人去拍。

写到这里需要交代下她的名字——宋泽香，有没有很动听的感觉？敢说没有就打死你！好吧，你要是真觉得名字普通也没关系，反正又不是我的名字。我的名字好听就行了，她只需要人好看。

既然已经暴露了女主角，就索性把配角们也都说了吧，不然显得好像我没朋友一样。其实我只是朋友比较少罢了，这也不能怪我，穷人门前通常都是门可罗雀的，富人才有门庭若市的资格，丐帮除外。

而且这也仅限于在这个城市，要是回到我曾经叱咤风云的地方，跺跺脚，也是能冒出一堆死党的。不过那都是过去的事情了，我既然离不开这里，回不到曾经，提当年的勇也就毫无意义了。在这个城市，我就只有我的室友一个朋友。（读者：天哪，你居然还有一个室友，憋着这么久都不说，不怕被打死吗？）

其实直到现在才说室友，是因为他的存在感太弱了，虽然他跟我一样是个穷人，可是他穷得有追求，一天到晚都在外面创业，所以这房子名义上是我们俩合租的，实际上大部分时间都是我在享用，他就只有凌晨到黎明的时候会回来睡上几个小时，是名副其实的早出晚归，不过尽管这么勤奋，这么有追求，他也还是一个穷人。这就是血淋淋的现实。

因为以往我都是下了班就去吃饭，吃撑了才回家睡觉。自从开始攒钱大计之后我下班就回家写小说，就算不写小说也要去健身馆，所以一到下午四点五十五分，你在我们公司就能看到一个急不可待的人目不转睛地盯着打卡机，口中还念念有词。

一开始还没什么，后来被熊熊发现了，她就问我每天这么火急火燎地去干什么，我不好意思说去健身馆，怕她发现我的秘密，就只好厚着脸皮说我回家写小说。

“你还在写你那些花痴女爱上高富帅的小说？咱能不能有点儿追求，不能自己追不到女朋友，就天天在小说里幻想啊。”熊熊一张口，我就后悔了，早知道还不如告诉她我要去健身馆呢。

“这回不一样了，我要直面现实，写一个平凡少年征服女神的故事，再不写那种身边一堆莺莺燕燕的高富帅了。而且这一次我写的不是青春文学，这次是实验性的纯文学，是奔着文学奖去的。”

虽然很尴尬，我还是得给自己辩解，不然她开会的时候都能拿这个吐槽我。

“祝你早点儿拿诺贝尔文学奖，我的大作家。”

“国外的咱不能指望，能拿茅盾文学奖就行了。”我们边走边说，已经到了楼下，她去停车场取车，我坐公交车回家。这就是穷人和富人的区别，尽管我满腹经纶，尽管我自视甚高，可是我下班要去挤公交；尽管她很胖很蠢，可是她有很多房子和车子，还有很多人恭维而且还是我的上司。我讨厌拿财富去衡量一个人的价值，但这个社会百分之九十的人，都是靠财富来衡量别人的。

所以我觉得十分孤独。

但再孤独我也是一个人类，比鸡、鸭、鱼、牛、羊、猫、狗，对不起，猫、狗得删掉，因为它们是宠物，它们有专门的、高级的医院，超市里卖的它们的食物比我吃的食物种类还多，它们的首饰、玩具、衣服的价格也都是我可望而不可即的。所以我就只是比鸡、鸭、鱼、牛、羊等动物厉害一点儿，不用面临随时被杀了、加入快餐店豪华午餐的危险。

为了排遣这种孤独，我尝试睡觉，尝试写作，尝试疯狂地吃东西，但都不如养一只乌龟来得有效。有时候看着它一发呆就是一整天的样子，我就觉得上帝对我还是不薄的，毕竟龟的生命也是漫长的啊。

有时候夜深人静写完小说，因为思念别人的女朋友而睡不着的时候，我也会听听歌曲。听得最多的就是那首谢天笑的《让我走》——让我走，带上我的身影带上脚印让我走。让我走，让我走，向着流淌在身上那无缘无故的河流。

可是去哪儿呢？去遥远的以后，去浩瀚的星球或者无人的星球？那只会更孤独、更寂寞吧。比起美好的过去，我更不敢面对的是未来，未来我必定会变成一个遭人嫌弃的老头子，头发会白、会掉光；牙齿会黑、会掉光；皮肤会布满斑点，变得松垮垮、皱巴巴；浑身没有力气，摔一跤可能就会去见马克思了。

一想到悲惨的未来，我就更觉得现在太可贵了。所以我就请了长假，反正工资也没多少钱，多写点儿小说就补回来了，我还不如把有限的时间用在对女神的无限喜爱上呢。

这样我的生活就变成了白天去健身馆犯花痴，晚上写小说。因为去的时间长了，女神也注意到了我，但她要么就是在纠正别人的动作，要么就是陪来找她的男朋友去吃饭，就算她是独自一个人的时候，也是戴着耳塞听歌。

有一次我趁着她全神贯注地看书的时候，在休息房看到了她用手机听的歌，是杨丞琳的《带我走》。真让人伤心，我听谢天笑，她听杨丞琳，我们之间隔着一百个牛奶 @ 咖啡那么远。

为什么是牛奶 @ 咖啡而不是本兮或者张翰同学？因为牛奶 @ 咖啡有一首歌叫《越长大越孤单》——多年以后，你回到我身边。不安全，充满了你疲倦的双眼。看着我，也告诉我，你是否，依然相信童话。你曾对我说，每颗心都寂寞。每颗心都脆弱，都渴望被触摸。但你的心，永远地燃烧着，永远地不会退缩。越长大越孤单，越长大越不安。也不得不看梦想的翅膀被折断，也不得不收回曾经的话问自己，你纯真的眼睛哪去了？

④

童话里都是骗人的，爱情小说里也一样。我虽然写了无数个爱情故事，可是轮到我自己要谈恋爱了，我还是会一筹莫展。眼瞅着自己未来的女朋友在跟别人谈恋爱，眼瞅着她对我视而不见，我竟然无动于衷，或者只能假装无动于衷。

可是除了看着我还能做什么呢？我总不能走过去说：“美女，你以后是要做我的女朋友的，现在就不要和这个男生来往了。”

或者趁她男朋友不在的时候对她说：“你和你这个男朋友早晚是要分手的，你以后是要做我的女朋友的，所以晚分不如早分，早点儿跟我在一起吧。”

且不论她信不信我的话，就算是信我的话，当她看到我一副穷困潦倒的文艺男青年样，当她知道自己以后要落魄到跟我这样的人谈恋爱，她会更加珍惜现在这个高富帅男朋友吧。

况且万一她反问我：“那以后的以后呢，做了你的女朋友就不会跟你分手吗？如果做你的女朋友后也是要分手的，那我干吗急着和我现在的男朋友分手，你哪儿比他强？”

她要是这样问我，我还真会被问得哑口无言，因为未来的事情很难预料，说不定最后我们也会分手，不到死亡的那一刻，谁知道她会不会在七八十岁时跳广场舞中认识某个老头。

唉，这种事情想起来可真让人内心伤感啊。

因为总是请假，我被开除了，看我不爽的倒不是熊熊，而是熊熊的上司，他有一个表妹的堂哥也喜欢写广告文案，他完全可以取代我。看我整天不务正业，正好就把那个堂哥安排进来了。

失业就失业吧，我倒是无所谓，反正工作的地方离健身馆那么远，我也不想去了。唯一的遗憾是还没有用公司的名义把宋泽香约出来拍照片，以后是再没有这样的机会了。不过机会都是人创造的，没有这个机会还会有别的机会，比如很快我就在健身馆楼下找了份打印的工作。

因为我写小说很快，很多人都叫我“打印机”，所以在打印社工作还是挺适合我的，“打印机”进打印社，算是找到了组织。而且工作足够清闲，我可以没事就去楼上的健身馆看看我的宋泽香同学，还可以跟她一起上班、一起下班、一起吃午饭。

她早就发现我了，可是她故意装作什么也不知道的样子无视我，这让我非常恼火，这也是为什么后来我追到她之后对她不太好的原因之一，我受不了别人长期无视我。

有一天我实在忍不住了，就趁她独自吃饭的时候跑到她面前，想把憋了很久的话一口气全告诉她，可惜还没等我开口，她先说话了：“终于忍不住了吧！”

“什么？”

“没什么，我还以为大作家的耐心比一般人强呢。”

“你认识我？”

“不然你以为呢？”

“所以这么久以来，你一直是看戏一样看着我在你周围团团转？”

“反应还挺快。”

“这算是表扬？”

“算是吧。”

天地良心，世界上竟然有这样的人，碰到认识的人也不打个招呼，还故意无视对方。水瓶座女生都这样吗？（水瓶座女读者看到这里请不要生气，你要是非要生气，那就，那就随便你！）

“如果我没有猜错的话，你喜欢我吧？”她竟然这么直白。

“算是吧。”事到如今我也豁出去了，反正我本来就准备好要表白的，虽然发展过程出乎了我的意料，但只要结局圆满就好了。

“从什么时候开始的？”

“一定要回答吗？”

“一定要。”

“从你寄照片到我们公司的时候吧。”

“天哪，那足足有半年多了吧，你为什么不早点儿告诉我呢？”

“没准备好，怕被你拒绝。”

“那现在就不怕了？还是你已经准备好了？”

“还是怕，还是没完全准备好。”

“那要不我再给你点儿时间准备准备？”

“不用了，咱们这不是已经开始第一步了，我只要等你跟你男朋友分手就行了，在你们分手之前，我可以先做你的朋友。”说完这段厚颜无耻的话之后，我不知道怎么有种小时候考试作弊被老师发现的感觉，她看我的眼神，就像是当年监考我的老师。偏偏在这时候，饭店里竟然放起了那首歌词里有一句“你终于做了别人的小三”的歌。

我欲哭无泪，心想以后再也不要来这家饭店吃饭了，这时候不是应该给我配一首《泰坦尼克号》的主题曲做背景音乐吗？

“那不是我男朋友，你误会了。”

“不是？不会吧，我都看到你们不止一次手牵手地去吃饭了。”

“那是我哥哥，虽然不是我的亲哥哥，但是也和亲哥哥差不多。”

很多年后，关于这个哥哥的问题，在我这里还是一个谜，我还是坚持认为那是她的男朋友，可她始终坚持说那是她的一个哥哥。我当时没有勇气找她口中的哥哥证实此事，后来那个所谓的哥哥去了国外，再也没有回来，再后来我和她也分手了。于是这个谜就永远成了谜。

捅破了窗户纸之后，她再吃饭的时候就会叫上我，或者我去叫她。按她的话说，如果不是我一副坏叔叔的样子，她早就主动地来结识我了。

她说当初她跟着哥哥离开家到这个城市工作，她做的第一件事就是去我原来待的那个公司，因为我的推荐，她的照片被不少媒体选中了，但是她并不知道幕后的推荐人是谁。因为我一直没有联系过她。后来联系她并给她支付照片使用费的是我原来的同事，联系她拍新照的也是我原来的同事。她去公司的时候，也没有见过我。但是她知道我的存在，因为熊熊跟她介绍过我。说了我当初是多么声嘶力竭地推荐她，还一天到晚地盯着她的资料表上的信息看，却始终没能鼓起勇气打一个电话给她。

熊熊在背后就这样把我卖了，但是我并不怪她，我知道她是一番好意。胖子都没什么坏心眼，她可能也是看人家姑娘不错，想撮合撮合我们吧。

那次去公司，熊熊还送了我的书给她。她留了自己的地址给熊熊后，熊熊还故意带我去文身，目的就是制造我跟她相遇的机会。结果我是个蠢货，遇到了也没跟她搭讪。熊熊还以为我见了真人失望了，以为我觉得人家没照片好看呢，于是也就没再撮合我们。

绕了这么大一个圈子，完全是因为她太矜持、我太傻，其实我平时不那么傻的，只是陷入了爱情里，智商才降低了。（读者：蠢就是蠢，不要拿爱情来当借口！）

为了弥补我最近受到的思念之苦，吃饭的时候她会把她的鸡腿分给我。不过她还是觉得对不起我，说害我丢了工作。

真是的，若觉得对不起我，早点儿告诉我真相不就行了。长得好看了不起啊，长得好看就可以把人玩得团团转？

不过事实证明，长得好看确实了不起，因为我一点儿也不生她的气。不是不想生气，而是一看到她那粉嫩嫩的小脸蛋儿，我整颗心都融化了，不管她说什么，我听着都无比动听。

所以丢工作算什么，打印社也没什么不好的。起码不用被上司逼着一遍又一遍地改广告文案，不用一天到晚跟一群喜欢钩心斗角的弱智们待在一起。

况且就算没有宋泽香同学，我也会被熊熊上司的表妹的堂哥取代的。所以每次宋同学表示歉意给我鸡腿的时候，我都会在吃完之后边抹嘴边安慰她说："不关你的事儿。"

不过尽管不关她的事儿，我也不能一直在打印社干下去，原先干这份工作是因为离她近，现在她都可以随叫随到了，我还干这个干吗？而且干这个还会被她口中的那个哥哥看不起，有几次她向她的哥哥介绍我，她哥哥都不看我，然后牵着她的手就上了他的保时捷轿车。

我虽然很生气，但也无可奈何；我虽然也有车，但只是自行车，还没有后座，让她坐我的车，估计天明也到不了家。

一般情况下，在我写的那些萝莉爱大叔、学长爱学妹的小说里，男女主角一旦搭上关系，很快就能擦出爱的火花并结合在一起。可惜小说毕竟是小说，现实里吃了三百顿饭也还是朋友。

况且一开始我就说了，主要是要讲我周围的人的故事，讲了这么多我个人的八卦，已经违背了我的初衷，所以接下来还是要多讲讲宋泽香的事情。

你们已经知道了她是一个水瓶座的女生，拥有典型的水瓶座女生的性格，情商与演技炉火纯青，爱憎貌似模糊，实则丝丝分明。还比大多数水瓶座的女生都漂亮。她和我一样，来自一个很远的城市，在这里她没有父母，只有一个明明关系像男朋友一样，她却非要一口咬定是哥哥的人。而且她那哥哥也不像是什么好人，整天给乱七八糟的人文身，自己身上却干干净净的。（仅仅凭借这一点就说对方不是好人好像有吃醋的嫌疑，可是这种事情换谁能不吃醋啊。）

我还知道她在一家健身馆做瑜伽教练，收入不菲，属于典型的白富美；还知道她喜欢听杨丞琳的歌，喜欢拍很多漂亮照片。从她接受了熊熊馈赠的我的书来看，说不定她还喜欢看书，是个有一定内涵的人。

这样一个文能读书武能瑜伽的白富美，放着高富帅哥哥不理，没事儿就跟一个似乎永远也看不到前途的打印社的打字员在一起吃饭，在很多人看来，都是一件颇为费解的事情。

⑤

综上所述，你们应该已经发现，除了我那个早出晚归、勤奋赚钱但还是赚不到钱的室友，还有我那个迟早会跟我分手的白富美女朋友，以及我前公司的胖上司熊熊之外，我在这个城市里就没有别的可以去一起吃顿饭的朋友了。

其实我对朋友的要求并不高，只要能在吃饭的时候分个鸡腿什么的给我，能在吃完饭之后帮我埋单就行了。但就是这点儿要求，能满足我的人在这个城市也是屈指可数的。所以我说这是一个冷漠的城市，一点儿也没有夸大其词。

不过虽然我的现实生活单调艰难，不是吃就是睡，不是在快餐店逗弄小朋友就是在健身馆犯花痴，但是在网络上，我的生活还是很丰富多彩、很顺畅的。（打出“顺畅”这个词的时候我犹豫了下，最后还是毅然决然地打出来了，哪怕是骗骗自己呢，总不能现实和网络都艰辛吧。人还是要有点儿活下去的希望的。）

前面你已经知道了，我把很多时间用在了写小说上，所以我平时要经常和编辑以及读者交流。因为大家都不在一个城市，只是在网上交流，谁也不用请谁吃饭，所以他们对我还都是蛮热情的。只不过有时候热情得过了度，就让人难以接受了，而且他们对我的“昵称”也一直让我有点消化不良。

我们之间经常会有这样的对话，比如在微博上说，我坚持认为幽默风趣的男生比高富帅更适合居家旅行，这时候下面就会有一行评论——蠢货，关键是看脸好不好！

你看到了，我刚才说的“昵称”就是这个“蠢货”，咱先不说看脸这个观点正确与否，你见过粉丝管偶像叫“蠢货”的吗？

我如果反驳他们，他们就会哭着说这是亲切的爱称，说不让他们这样叫，就说明我不爱他们了。读者都是我的衣食父母，我能不爱吗？但是打开微博看到下面一行行触目惊心的评论——蠢货，你今天吃了几个鸡腿？——蠢货，你睡醒了吗？能不让人心里犯堵吗？（看完这一段之后不许去搜索我的微博，不然打死你！）

读者也就罢了，都是小孩嘛，孩子气点儿、淘气点儿也没什么，关键是我高冷的编辑也常常语重心长地对我说：“你写的那些爱情文章都不好看，你为啥不多写写搞（dou）笑（bi）文呢？你是不是觉得你伪装成文艺青年你就真的高大上了？面对现实吧少年，你骨子里就是一个幽（chun）默（meng）风（dou）趣（bi）的人，你要做回自己。”

因为不听话就会被退稿，所以我常常要屈服在编辑的“淫威”（这个词虽然不太好但用在这里挺合适的）之下，用别的笔名写一些蠢兮兮的文章。因为只有在网络上屈服了，我在现实里才有钱追我的女神。虽然女神也不用我的钱，但买个东北大板（今年夏天很火的一种冰棍）我也是不好意思让人请客的。

其实读者说得也没错，这就是一个看脸的时代。为什么白富美愿意跟我这个打字机一起吃饭，还不是因为我长得帅吗。（写完这一句，天空中不知道怎么的突然响起了一串惊雷，最近天气太反常了。）

虽然我不富，可是我幽默风趣、才华横溢，所以她才喜欢跟我在一起吃饭而不是跟那个总是管着她的、一脸严肃的哥哥在一起。她固然是喜欢那个所谓的哥哥的，但那是王语嫣不成熟的时候对慕容复的喜欢，等她成熟了，就会发现还是段誉这样的风（dou）趣（bi）少年更好些。

我虽然没有段誉那么牛的爸爸，但是在某种程度上来说，我和宋泽香以及她口中那个哥哥的关系，就跟慕容复、王语嫣、段誉差不多。当然这只是我觉得而已，可能在你眼里，宋泽香就只是为了引起她那个高冷的哥哥的重视才愿意接近我的。我也不反对你的看法，毕竟你也没有见过我，在这个PS盛行的世界，有图也没真相，不让你见到我的真身，你是无法感受到帅哥的魅力的。

当然这种魅力仅限于少女，对同性是无效的。比如我的室友，他有回家气，我魅力再大对他都没用。前面已经说过了，他每天早出晚归地赚钱，虽然赚不到，但是他还是干得兴致勃勃。经常是我写小说写到凌晨两三点甚至是四五点了，他才摆地摊或者做兼职回来。

一开始我不知道他有回家气，如果他回来时，正赶上我睡觉前上完厕所，在客厅里碰到了，就会问候一声："胖子，回来啦，晚安，我先睡了啊。"

这时候他的回答无一例外："你才是胖子，你们全家都是胖子。"

天地良心，他真的很胖好不好，我又没说错话，但为了搞好邻里关系，避免他拿着我的牙刷刷厕所，所以我下次碰到他，就会换句话说：“瘦子，回来啦，晚安，我先睡了啊。”

这时候他的回答又会变成：“你才是瘦子，你们全家都是瘦子。”

真是的，关我家里人什么事儿啊。脾气大了不起啊，肯定是在外面乱摆摊子被城管罚了，或者就是兼职的时候偷吃东西被老板骂了。算了，大家都是穷人，都不容易，我也不跟他计较，再遇到他，我就去掉称谓，直接说：“回来了，晚安，我先睡了啊。”

可是有回家气的人，不管你说什么他都生气，我说晚安，他也要呛我一句：“天都快亮了还晚安，是早安吧。”

若是我说早安，他又会说：“天还黑着呢！”

你说这算什么人啊，要不是看他一天到晚都不在家，我才不愿意跟他合租呢。我一直本着睦邻友好、长期发展的和平理念，可是他从来不把我当自己人。

不过他可能确实觉得跟我不是一类人，我看毛片的时候，他看《世界如此险恶，你要内心强大》；我看动漫的时候，他背各种外语单词、看各种考证资料。

我读书的时候就遇到过这种人，我在课堂上睡觉，他们在拼命地做五年高考、三年模拟。最后呢，一毕业，还是跟我一样挤在这小破房子里，还是一样赚不到钱，甚至比我过得还辛苦，可是他们内心就是看不起我这种好吃懒做的人，就是从骨子里觉得高了我一等。

我在小说里不止一次地强调，本是同根生，相煎何太急。我们应该共同讨伐那些高富帅才对，干吗窝里斗呢？

可是我的这些话也只能在小说里说说而已，我要是去敲他的门，他指定该说："火腿肠在冰箱里，想吃自己拿，我房间里已经没有了。"

没法沟通，就是这样没法沟通。但好在这只是在回家的时候，他只有回家气，没有出门气，出门的时候他心情是非常好的，觉得新的一天开始了，一切还是充满希望的。

他也不管我睡得正香，出门前总要拍拍我的门，大声说："哥们儿我去工作啦！早上好啊！"然后咣当一声，摔门而出。

站在他的角度看，他其实真的不是报复或者针对我。因为睡一觉，他就已经把他前一天的怨气消化掉了，因为看了太多正能量书籍的缘故，新的一天他又变得兴致勃勃、信心百倍，觉得自己可以征服社会，摆平生活。

但是到了晚上，当他被残忍的社会现实打败的时候，又会把气撒到我身上。如此循环往复，时间久了我也就习惯了。刚开始的时候那真是，每天都想唱那首沙茶酱之歌——寒叶飘零，撒满我的窗，室友神经，伤透我的心。他讲的话就像冰锥刺透我的心，哥们儿真的很受伤。

⑥

在这个社会里似乎有一条共识，那就是同学毕业了可以成为好朋友，战友退伍了可以成为好兄弟。唯独同事，不管在公司时大家玩得多开心，离开公司似乎就立刻成了不相干的陌生人。

好在我跟熊熊之间，没有摊上熟悉的陌生人的命运。离开公司后，她还是经常给我打电话。因为难得有这么个习惯埋单的朋友，所以我也没有刻意地疏远她。在我的女神太忙顾不上理我的时候，如果熊熊约我去吃烤串，我也会扭扭捏捏地答应下来。

对于没能保住我，让我被大领导干掉这件事，作为我的上司，熊熊是觉得很惭愧的。她觉得她有责任帮我找到新工作。尽管我跟她已经说过很多次了，我在打印社干得挺好的，但她还是死皮赖脸地帮我介绍着，因为在她看来，打印社的工作根本就不能算是工作。

一个著名青年作家怎么能去做打印这样没有创造性的工作呢？简直是亵渎理想，简直是有辱文学。

不过尽管她看不上打印社的工作，她给我介绍的其他工作，也并没有多高尚。不是某个上市公司的董事长参谋，就是某个世界五百强的总经理助理。

总之，都是伺候人的事儿，在我看来，不管是为路人甲服务，还是为皇帝服务，都一样是服务，所以听到还是服务别人我就都给拒绝了。

可是熊熊不这么认为，她刚好就是拿财富衡量一个人的价值的那种人。在她看来，不管做什么，年薪百万就是比年薪三五万牛。

所以在换工作这件事上，我们一直没有达成共识，一起吃了十多次烤串了，我还是在打印社上班。

尽管我也想换工作，也想让我女神口中的那个所谓的哥哥看得上我，可是总得换个不用摧眉折腰事权贵的工作吧，比如文身店老板的工作就挺好的。

其实确切地说，是一切老板都挺好的，不管是大老板还是小老板，在我眼里都是相对自由的人，相对有尊严的人。不用朝九晚五地打卡上下班，不用听上司在耳边唠叨，不用担心做不好会被开掉，不用担心我女神的那个疑似的男朋友在以后笑话我的女神丢了西瓜捡了个芝麻。

熊熊在了解到我的真实想法之后，倒是也建议我去开一个什么店，做做老板、做做掌柜的，不过她觉得文艺青年开店大都是会赔钱的，自由只有相对的自由，但没有绝对的自由。

她问我想开什么店，我仔细想想，能让我觉得舒服的，不是咖啡店就是书店，再或者就是小酒吧和甜品店。但在这个国度，是个文艺青年就想开这样的店，十个开这样的店的文艺青年九个都要赔钱。

我也想赔钱，但是我没钱可赔。

最后我们讨论的结果是，不如开一家米粉店。成本小、见效快，不容易亏本。最重要的是，开这样的店，熊熊愿意拿钱给我赔。

人生中有这样一个肯不计钱财支持你的朋友，实在是让人欢喜，哪怕她很胖很丑也没关系，人和人交往，心灵上的真善美才是最重要的。

这样的朋友有时候比父母都管用，因为和父母之间常常会有代沟，他们固然爱你，但常常又会用爱来扼杀你，扼杀你的前途与未来，扼杀你的创造性甚至扼杀你的勇气。

说到父母，其实我也不是从石头里蹦出来的，我也有爸妈，之所以离开他们到很远的地方来，就是因为和他们在一起，我的自尊心非常受打击。他们认定了我走我自己选择的路将会一事无成，不如早点继承家业安安稳稳地过一辈子比较好。而我觉得我还年轻，不闯荡一番怎么甘心。

所以我就出来了，出来之后，梦想倒是也实现了一些，可是随着年龄的增长，勇气渐渐在消退，理想主义的我也渐渐变得现实了，我开始觉得父母的话也是有一些道理的。要不走这么多弯路的话，我是怎么也不会去思考他们的话的。

我开始渐渐觉得，可能我这一生也就这样了，虽然这样说有些负能量，但个人在整个社会面前真的是很渺小的，成功的那一部分大都是靠运气而不是努力，大多数人都还是像我的室友那样，怎么卖力都赚不到钱。而运气好的那部分人，智商也比较高。而我却不幸，刚好属于那智商一般的大多数人。

我开始渐渐觉得，如果有钱的话，买个房子、买个车子、娶个媳妇、生个孩子也挺好的，以前我可是很鄙视这些世俗的欲望的，视钱财如粪土，总觉得理想至上，钱财这种东西只能为理想服务，而不是让理想，甚至让一切都为钱而服务。

但是现在呢，我竟然同意开一家米粉店了，而且决定取名“作家米粉”。简直是要把过去那个我恶心死。不过如果让我爸妈知道我干的事情，他们做梦恐怕也会笑醒，因为我们家是开火锅店的。

决定开米粉店之后，熊熊带我去银行，取了十万元现金给我，说不够再找她要，她还要上班，只能靠我一个人忙活了。

我倒是也不怕一个人，手上有了钱，看谁都像自己人，说夸张点儿，简直是看谁都像自己的佣人。

而没钱的时候则是看谁都是陌生人，看谁都像老板，看谁都不顺眼。人生就是这么起伏不定，我在一天之间就找到了有钱人的感觉。

正当我抱着一大包钱坐在路边畅想自己的宏伟前途的时候，一辆保时捷突然在我面前停下，车窗摇下来，一个戴着拇指粗的金链子的光头问我去骨科医院怎么走。

他用他俗不可耐的气质让我明白，十万元其实不算什么钱，也就只够租个小点儿的门面房。我还是得回到现实中来，做穷人该做的事情。

所以我告诉他，往前面直走，到第一个红绿灯左拐，再看到红绿灯的时候右拐，然后直行五百米，下车后走三百米穿过小巷子就到步行街了，那里人多，你可以问问那里的人。

保时捷的车窗摇上并远去的时候，我感到很内疚，我说了那么多，他居然连句谢谢也不说，不说谢谢说句傻 × 也行啊，给个回应又不会死人，有钱人的时间就那么珍贵？

事实证明，有钱人的时间就是很珍贵，只有穷人才不珍惜时间。比如熊熊，她的时间永远都规划得很清楚，哪怕是陪我这种无聊的人吃饭聊天，她都会提前规划好，一旦超时她就会立刻闪人，才不管把我丢下的地方好不好打车、有没有直达的公交呢。

而我呢，作为一个穷人，有大把的时间可以浪费，我回家也没事，不是睡觉就是吃西瓜，而第二天醒来反正是要辞职的，也不用担心休息不好导致工作时没精神。所以尽管天要黑了，我还是一点儿也不着急。

我背着鼓鼓的包走在街上，除了我，谁也不会相信那里面装满了钱。在此之前里面就只有一支签字笔，而且还是为了提防不小心遇到热情读者所提供的圆珠笔不好用而准备的。

我抱着“我逛故我在，我留在这里都是命运的安排”的想法，开始环顾四周的店面。说起来，熊熊约我来的这个地方还是不错的，满街都是高档店铺，偶尔有个歇脚的地方也是规格很高的咖啡馆或者西餐厅，连肯德基、麦当劳之类的店铺都看不到。穷人要逛到这里想歇歇脚的话还真是要踌躇一会儿。

熊熊约我来这里吃西餐，可能是为了弥补烤串吃多了的胃，也可能是故意想让我体验一下上流人士的生活。不管她的目的是什么，当我拿到她的钱之后，目的就只有一个，那就是尽快租一个不错的店面。

说时迟，那时快。就在我边走边想着店面的事情的时候，两个明晃晃的字出现在我面前——转租。

真是要什么来什么，缺钱就有人送钱，缺店面就有人转租。遇到女神之后，我的运气简直像是开了挂。

看着“转租”两个字我想了想，虽然这条街太过高档，开米粉店有点儿奢侈，可要真开起来，穷人就有了歇脚的地方（多么无私奉献、崇高善良的想法，陈 ×× 也不过如此）。虽然这条街富丽堂皇全是高级店铺，虽然这个城市看上去金光闪闪名扬海外，但是生活在这里的人，还是穷人多，富人少。而且我感觉穷人会越来越多，富人会越来越少。所以米粉店开起来，顾客应该还是不会少的。

想到这里，我就迈进了要转租的这家店，店主是个眉清目秀的女孩子，如果你对“眉清目秀”四个字的描述不过瘾的话，我还可以告诉你她皮肤很好，胸很大，如果她走在街上，那不小心撞到墙的男人一定会很多。不过这些外在的东西跟我这种清心寡欲的人没有什么关系，我就只是想租个店铺而已。因为在外面的时候光看英文的店铺名看不出这是家什么店，我对外语一窍不通，所以我才进了店里。我才不会告诉你我是一不小心看到了里面漂亮的店主然后慌不择路冲进去的。

进来以后看着满屋子的饰品我算是明白了，这是一家以卖民族风格首饰为主的店。我收起不安分的目光，以严肃的姿态问店主为什么要转租。店主也很严肃地告诉我说："城市发展太快，而群众的审美档次还停留在很低的层次，我的店开得太早了，要再过几年这里的群众才需要这样的店，可是到那时候我就饿死了。"

仔细琢磨这段话，还真是寓意深刻。正所谓梦想太丰满，现实太骨感，结局就只能是转租了。先锋人士总是悲哀的，他们是开拓者，同时也是城市迅速发展的牺牲品。毕竟要改变一个城市的面貌很容易，砸钱就行了。可是要改变生活在这里的人的习惯和爱好，砸多少钱都不行，还是得慢慢来。你不能强拉着喜欢吃拉面的人去吃炸鸡吧？

因为是转租，我担心这个眉清目秀的小姑娘把饰品也留给我，我这个人对漂亮的女生最心软了，很可能她三言两语就会让我拿十万元钱把整个店的东西都买了，而最后门面还是没租到。

不过好在姑娘是个爽快人，还没等我问，她就把我想知道的全说了。她说这个店铺生意虽然很差劲，但是她在网上开的淘宝店生意非常好，已经是皇冠级别了，所以货物她是不会留给我的，但是租金一分钱不能少，她签了三年的合同，现在已经过了一年半，剩下的一年半，加上押金，刚好二十万元。

⑦

在民族首饰店付了三千元定金之后，第二天一早我就去打印店辞职。辞职和被炒这种事情，虽然每天都在发生，可是我经历得并不多，所以看似平常的事情，对我而言却异常困难。

我住的地方离打印店有一个小时的路程，一路上我都在想措辞，可是到了店门口，还是没想好。因为店老板对我太好了，刚来找这份工作的时候，他就说："一看你就不是一般人，有眼光、有魄力，好好跟着我干，等明年我开了分店，这个店就交给你打理。我看了你的简历，你跟我一样是有梦想、有追求的人，等我的分店开遍全城、开遍全国在纳斯达克上市的时候，你就是元老，到时候我当董事长，你做总经理……"

虽然只是个打印店老板，可是跟所有的老板一样，他善于用语言把员工的职业前景描绘得光辉灿烂。我只是为了离女神近点儿，没有别的要求，所以也就听他吹了。

正式入职之后，他因为经常要忙大事，所以店里就只有我一个员工，我去找女神的时候，就需要关门。按照常理，一般的老板如果看到员工私自关门不营业肯定会生气，可是打印店的老板从未对我发过火。有时候我陪女神吃完饭，回来看到门开着，老板一个人蹲在门口等我，他那充满期待的眼神，让我十分愧疚。不过愧疚归愧疚，下一次，我还是会锁上门去找女神吃饭。

所以辞职的时候，我很怕老板问我：“我对你不好吗？你为什么要抛弃我。现在就业率那么低，工作那么难找，你为什么不珍惜我给你的机会呢？”

我虽然口才很好，但是面对他的时候真的会常常无言以对，我记得我来面试的那天，就看到他对一个要辞职的小姑娘说了上述一番话。小姑娘当时找的理由是：“不是我不珍惜这个工作机会，是我怀孕了，要生孩子，等我生完孩子如果您这里还需要人，我一定还回来帮您。”

如果我是个女人就好了，我也可以说我要去生孩子了，然后光明正大地离开。可我偏偏是个男人，而且我离开的理由是要自主创业。这个理由说出来，我那奇葩的老板一定会拉着我劝上一整天。

“年轻人不要总是异想天开觉得当老板很容易，要脚踏实地地做事，你看看我，四十岁了才开了这家店，是我以前开不起吗？不是，是因为在积累经验。你现在也一样需要积累经验，草率地开店，肯定会赔钱的。你的钱来得也不容易吧？明知道要赔钱还要去开，那就是对自己、对钱不负责任啊。你跟着我干，一年以后就是分店的店长了，和你自己开店也没有什么区别嘛。什么？米粉店？现在谁还吃米粉啊，现在大家都吃西餐。你店开在哪儿？天哪！那条街开米粉店不出三个月你就得关门啊……”老板听到我要辞职的话后会有什么反应我都想好了，可是我自己的台词我还是一句都没准备好。但是没准备好也得上了，时间不等人，我辞职完了还要去找熊熊再拿十万元把店盘下来。时间拖久了，那个美貌的店老板可能就租给别人了。

这样想着，我已经走进了店门，和平时不同的是，店里空了许多，老板一个人坐在平时我坐的那张圆凳上，正垂头丧气地抽着一支烟。

“咦，老板，我们的电脑呢？扫描仪呢？复印机呢？”我环视了下空下来的地方，平时工作要用的东西全没了，取而代之的是几个纸箱子。

“我正要跟你说，房租要到期了，这个店我打算转出去，你的工资等会儿我跟你算，你帮我把这几箱子东西抬出去吧，等下车来了一块儿装走。”老板见我来了，就丢了手里的烟，一脚踩灭对我说道。

“这么快？老板是发现什么大买卖了吗？”我强忍住惊喜的心情，装作一副茫然无知的样子问道。对于有些星座的男生来说，人世间最让人开心的事情莫过于你正想辞职，单位倒闭了。

“还是你聪明，当然是有更好的去处了。”老板虽然顺着我的话下了台阶，但从他沮丧的表情还是可以看出来，他八成是房租都要交不起了。

“老板发达了一定不要忘了我啊。”说出这句话完全是为了避免等会儿老板心情不好克扣我工钱。

不过事实证明我的担心是多余的。瘦死的骆驼比马大，老板虽然破产了，但还是比我有钱，一分工钱没少我的，搬完东西就给了我现金。

我拿到钱就去楼上找我的女神了，已经快二十个小时没有见到我的香香了。我都快要忘记她甩头时发梢打在我脸上的感觉了。我估计她也在想念我，没有我的骚扰信息和电话，她一定会觉得空虚寂寞了很多吧。

我自作多情地走到电梯口，刚想按电梯，就看到宋泽香穿着紧贴着身子的连衣裙从电梯里走了出来。她也在第一时间看到了我。我本来想先跟她打招呼的，但因为是第一次看到她穿这么性感的衣服，比在健身房穿的运动服还要性感。一分神，我就忘了跟她说话了。

“你这是要上去跑步？”还好她先说话了，不然继续看她修长的腿和深深的V领，我可能要流下口水来了。

“不，不是的，我是要去叫你一起吃饭。你今天这个装扮有点儿奇怪啊，你平时不是喜欢森林系风格的吗？”

“是我哥让我这么穿的，我今天要去陪他见一个朋友，没法跟你一起吃饭了。你自己吃吧，明天我们再约吧。”说着她就径直地走出了大楼，朝着路边停着的路虎车走了过去，开车的是一个陌生的男人。

“喂，今天是我最后一天在这里上班了。明天我没有时间的。”我冲着她的背影喊道。

“那就改天再碰面。”她上车前冲我挥了挥手。

看着远去的“路虎”，我心里也萌生了买车的念头。再不能骑自行车了，不然永远也追不上女神的。

虽然宋泽香一反常态的装束和态度让我有些失落，如果换成过去，我肯定要找个地方大吃一顿，然后再大睡一觉才能恢复这被伤害过的心。但是因为有着更重要的事情要忙，我也就顾不得感叹，直接给熊熊打电话，告诉她工作我已经辞掉，房子也已经找好，再有十万元就可以开工了。

对于一个完美的店来说，再有十万元肯定是不够的，二十万元刚好够房租，接下来装修和买材料还有雇人都要钱，可是这些我只能自己掏腰包了，如果全让熊熊花钱，那就显得我太没有诚意了。关键时刻，我还是得做一个靠得住的青年人，不然我这唯一的朋友，也要跟我“赛有那拉”了。

说到雇人，其实我是很想把宋泽香叫来做老板娘帮忙收银的，如果我开的不是一家米粉店的话。然后再叫上熊熊来做服务生，叫我的室友来兼职送外卖。再高薪从新东方找一个厨师，简直是最完美的组合。

但如前所述，理想很丰满现实很骨感，宋泽香不会来米粉店上班，熊熊也不可能辞职来做服务生，我的室友倒是愿意兼职，但请一个他的钱估计能请三四个找兼职工作的大学生了。而新东方的厨师，来做米粉也有点儿屈才。

等到吃晚饭的时候，我和熊熊又坐到了一起，还是昨天那家店，因为这里离我看到的那个铺面近一些，吃完饭就可以直接带她去逛逛。

席间她又纠结起了店名的问题：“你真打算叫‘作家米粉’？”

“不然你以为呢？”

“我以为你会取个文艺点儿的名字，什么孤独美食、蓝调米粉什么的。”

“作家不文艺吗？米粉店太文艺不好吧。”

“不是不文艺，是觉得有点儿怪，没有你这么搭配的。你要么就全文艺，要么就全接地气。你这样把作家和米粉组合在一起，让人很别扭啊。”

“可现在不就是流行混搭吗？如果叫老汤米粉或者周记粉店也太不出众了。”

“不能光想着出众啊，那你叫红烧作家米粉，或者清蒸作家米粉，更出众了，但是大家能接受吗？”

“你还别说，我还真打算用这个做菜单。咱们的招牌菜就叫红烧作家粉，名字这么怪，看到的都想尝尝吧。”

“好吧，你要红烧自己，谁也拦不住，我只是希望你再考虑考虑。名字不是别的，不能随便换。选好了就要用很久的。”

与熊熊吃完饭之后，我的包里就满满当当的有二十万元钱了。按说我应该立刻去店里找那个眉清目秀的店主谈签合同的事情，但也许是穷得太久了的缘故，拎着沉甸甸的一袋子钱，我突然有点儿舍不得。

一开始熊熊要转账给我的时候，我推说跨行还要手续费不如取现金，早知道拿到钱会如此不舍，我就该让她转账的。在卡上的时候这些钱就只是一串空荡荡的数字，等拿在手里，感觉就变了好多。

记得小时候，我的梦想是上学的时候能有一元钱就好了，那样课间的时候就可以去小卖部买好多好吃的；再后来梦想变成了一百元钱，这样就可以放肆地吃肯德基了；再再后来变成了一千元钱，因为想坐火车去外面看看；最后变成一万元钱，因为想买摩托车体验速度与激情。

梦想随着年龄在不断膨胀，我不知道未来我会变成什么样，人生虽然漫长，可能一个人真正能抓得住的，也就眼前这一会儿。所以突然之间我就不那么急了，这会儿我就想一个人坐坐，回忆回忆过去，想想未来。

记得很早之前就有人告诉我，不要为了钱去做一件事，那样你只会越来越穷，你要为了梦想为了信念去做事，这样事儿才更容易成功，事儿成功了钱就会跟着来。所谓心有多大，钱包就有多大。

可是多少人明明知道这个道理，却还是把欲望美其名曰为梦想呢。就像我，在没有遇到宋泽香之前，我其实对金钱并没有多少概念，虽然天天自嘲是穷人，天天想着要挣大钱，可真挣不到也不会烦恼，一切顺其自然罢了，吃饱睡足就能让我很开心。

而当我认识她之后，随着与她接触越来越多，她开始不断侵入我的生活，吃饭的时候她会在我眼前晃，想事情的时候她会在我脑袋里晃，睡觉的时候她又会跑到我的梦里。我明显地感觉到我不再是我了，却又无可奈何。

我坐在马路边的长椅上，又想起她早上一袭红裙的模样，因为皮肤过于白皙的缘故，她穿着红裙的样子格外耀眼。一向看惯了她低调装束的我，一下子被她高调的妆容弄得有些手足无措。她会是去见谁呢？

想到女神之后，我顿时就明白了我对金钱前后态度上的变化。女神的出现伴随着物质而来，于是我自作多情地觉得，只有拥有了足够多的钱才能有机会拥有她，才能真正融入她的生活，才能给她安全感，才能给我自己一点儿尊严。

社会毕竟是现实的，真爱固然重要，可是若少了金钱作铺垫，我和她就只能是偶尔碰个面聚聚的朋友，她永远会在她的世界里，我永远会在我的世界里。我们虽然同处一个城市，可是彼此之间的距离却并没有拉近多少。

想到这里，一向没心没肺的我开始忧伤起来。唉，穷人就不该去想爱情啊、幸福啊这些奢侈的词语。我应该好好想想怎么赚钱才是，既然为了钱去赚钱不容易赚到钱，那就为了吃去赚钱吧。为了做出最好的米粉而去开店，这样听上去是不是很励志？

给自己打足了气之后，我就拎着钱，直奔民族饰品店而去。本来跟熊熊说好的，吃完饭她陪我去看看店面，可是因为店名的问题我们发生了争执之后，她就不愿意陪我去看店面了，她觉得以她的性格，肯定在选址上也会跟我发生争执。反正她心里也只是打算支援钱，不想干涉太多，既然明知道会发生争执，索性就不如不去。一切都由着我来，这样以后赔钱了，我也没法埋怨她。

她不干涉我，我落得一个清静，自然也不会强求她陪我去看，和土豪做朋友，就是得有这种意识，土豪不屑的事情，你也不能当回事儿。

⑧

上次和眉清目秀的店老板相谈甚欢，所以交三千元押金的时候我一点儿讨价还价的念头也没有。结果等交了钱回到家之后，心里就有些后悔："怎么说也是这么大一笔交易，怎么能甲方说多少就是多少呢，也不能因为甲方是美女，我就一点儿原则也不讲啊。"

所以这次具体要签合同交钱之前，我就打算好了，等会儿见了美女我得机智点，就算不给我打点儿折扣，送我点儿民族饰品也行啊，我回头可以转送给熊熊和香香。

结果计划总是赶不上变化，等我到店里的时候，店主已经把房东约来了。房东倒是对我们俩商量的转让合同没有异议，不过他说要提前跟我说明，一年半后他要涨百分之十的房租。

民族饰品还没到手，先折进去了一笔未来的钱。虽说一年半后如果生意大好几千元钱也不算什么，如果生意不好我就不续租了。但折钱事儿小，吃亏事儿大，没开张先丢了心情，不找补回来实在是说不过去。于是我假装生气的样子对眉清目秀的店老板说："如果合同到期就涨房租的话我还是不租了，把押金退我吧。"

店老板好不容易遇到我这不还价的人，怎么舍得放弃，转过头就跟房东理论去了。我懒得听他们吵，就往外走了两步，翻看店里的各种特色饰品，就在这时候，宋泽香走了进来。

回顾我的前半生，最大的失败，就是把时间全浪费在了和各种莫名其妙的怪人谈恋爱上。如果我把这些时间用来学习、进步、发展别的，恐怕早就成了李嘉诚那样的人。

可是尽管明白这个道理，我的后半生恐怕还是会浪费在跟各种老一点儿的莫名其妙的怪人谈恋爱上。这恐怕就是命运，因为遇到宋泽香这样的美女，我完全没有抵抗力。明明在心里嘀咕了无数遍："不要跟这个女人走得太近，忘记她吧，她的美貌会让你丧失一切的，你的尊严、你的未来、你的时间都会奉献给她。”可嘀咕归嘀咕，真遇上她了，如果她需要，恐怕我会把命也给她，而且丝毫不会觉得可惜。

想时迟那时快，在看到她走进店来装束已经跟上午大不相同的时候，她也看到了我。幸好是我先进的店，不然她该以为我跟踪她了。

“你怎么在这里？”看她不像要主动先搭理我的样子，我就先递话了，谁让人家是女神呢。

“路过，看着这个店挺别致的，就进来看看。你呢，没上班？”听她口气闷闷的，一定是上午跟我分别后遇到了什么不开心的事。

“我辞职了，这不是正跟房东和店主商量要盘下这家店呢。”

“啊，你要开店？”

“是啊，米粉店，有没有兴趣加盟？你加盟的话就把店名的命名权交给你，可以叫女神米粉店。”

“汗，这么文艺的店转给你做米粉，真有点儿明珠暗投、人参喂猪的感觉。”美女毒舌起来也是有横扫千军的气势。

“是啊，所以房东要涨房租，我这正考虑不租了要店主退我押金呢。”好在我脸皮厚，四两拨千斤就当没听见后面半句话。

看我和美女聊得正欢，一边儿的房东忍不住了，就问我宋泽香是谁，我说是我一个好朋友，在考虑投资加盟我的米粉店。

“这美女是你朋友啊。那大家都是朋友啦，认识下，我是这家店的房东，我叫郑好。”房东抛弃了眉清目秀的店主，紧走两步过来跟宋泽香握手。

“正好？我看不太好吧，听说你要涨房租他都决定不租了。”

宋泽香岂会轻易让这种色胚占便宜，对他伸过来的手视而不见。

“哪里，哪里，我刚才是开玩笑的，现在已经跟店主说好了，你跟我重新签合同，我退押金给她，一分钱也不会涨你的。”长得好看就是了不起，宋泽香一来，疯涨的房租就被遏制住了。

在宋泽香这位超级大美女和店主这位眉清目秀的小家碧玉的烘托下，签约过程十分愉快，签完合同付完钱，店主主动送了我们一人一件首饰，听说我还有个好朋友，就多送了我一件，然后我们四个人一块儿去吃饭。在所有的事情上，宋泽香都比我要高端很多，唯独吃，我们是可以吃到一起的。不管是五星级的大饭店还是街边的小吃摊，只要味道好，她都愿意陪我去吃。

写到这里有必要交代下这位眉清目秀的店主的名字，之前不提她名字是因为只不过是一场交易。现在人家又送礼又要请吃饭的，就变成了朋友，以后难免还要接触下，所以不记住人家的名字就太不礼貌了，好在她的名字虽然不像房东郑好的名字那么好记，也不难记，她叫朱雨珠。听起来是不是很像猪与猪。

吃饭的时候，宋泽香感叹道：“你离开了打印店，以后就没法一起吃午餐了啊。”

“其实我也不想离开的，是我前同事一直说在打印店工作不是长久之计，她都愿意投资给我开店了，我要是不答应她实在对不起人家的一片盛情。”

“那你可以在打印店附近开的啊。”

“那附近房租太贵了，而且那里的饭店已经饱和了，你没看到我们现在下楼去任何一家店吃午餐，他们都要送饮料、送豆腐干之类的零食吗？我不喜欢竞争太激烈的地方。”

“那你也不一定非要开饭店啊，我今天回健身馆的时候看到你原先工作的那个打印店在转租了，你可以盘下那个店啊。”

“可是我已经把钱付了这个饭店的房租了。”聊到这里，我发现房东郑好和眉清目秀的店主面面相觑，似乎是担心我要毁约了。

“有钱人还在乎多开一个店啊。”宋泽香对我的话不以为然，真是饱汉不知饿汉饥。

“是，是，是，有钱人是不用在乎这个，有钱人买面条都要买两碗，吃一碗倒一碗；有钱人买奔驰，开十辆挂九辆；有钱人买手机，一个听音乐，一个当闹钟；有钱人买电脑，一台唱歌，一台聊天……”

“所以你就盘下那家店吧，实在没钱我借你。”

“你不是开玩笑吧？”

“我为什么要跟你开玩笑。赚了钱你要分我一半的。”

宋泽香的话让我无言以对，我在想她是不是吃醋了，知道熊熊给我钱了她不爽，也要给。虽然这事情太损颜面，弄得像被包养了一样。但是如果她真吃醋了，就证明她喜欢我。天哪，这重大发现差点让我噎到。但堂堂七尺男儿，怎么好意思一直要女生的钱呢，何况她还是我的女神，于是我义正词严地说道：“我们才认识不久，只不过一起吃了几顿饭，我怎么好意思要你的钱呢，要了你的钱，我以后还怎么好意思理直气壮地装土豪请你吃饭。唉，说吧，你准备给我多少？”

“熊熊给了你多少钱？”

“没多少，就二三十万吧。”

“那我给你五十万。”说着宋泽香就从包里掏出了一张银行卡，虽然认识不久，但是据我所知她不是那种喜欢随身带着五十万元银行卡的人，那就一定是上午她那身性感的打扮为她换来的这张卡吧。

“我怎么能要你的血汗钱呢？”我一边婉言拒绝一边把卡拿在手里打量，同时脑补了下上午她那香艳的装扮，联想了下她要去见的人做的事情。

“什么血汗钱，这里面是一百万元，你取了你要用的，剩下的再还给我。”她出手这么阔绰让我觉得我要是说熊熊给我两三百万的话她可能也会拿出双倍吧！

“啊，那个，我是说你教人瑜伽的时候很累，所以说是血汗钱。”说完这句话我感觉到自己的鼻子突然长高了一点儿。

“这不是我的工资卡，是上午一个土鳖给我的，不要白不要。”

“可是这卡给了我，等于要了也白要啊。”

“你怎么这么磨叽，你要是不要就算了。”

“要，要，要，当然要。”

“我还以为你要说要要要，切克闹呢？”女神转嗔成喜，一笑之间我心都融化了。

话说著名的哲学家罗素先生说过，当你喜欢的女生给你钱或者请你吃饭的时候，你一定要接受，这样你才有机会以回请她或还钱为理由再跟她约会；同时如果是你不喜欢的女生请你吃饭或者给你钱，你一定要拒绝，不然你会浪费很多的时间和精力在不必要的麻烦上。

罗素先生的话固然很有道理，但因为我无法拒绝美好的食物和金钱，所以我只能听前面半句。前同事给钱我要，女神给钱更不能拒绝。

⑨

同时要开两家店，最缺的就是人手了，虽然我对打印店的业务已经很纯熟，一个人就能搞定 CAD 出图、大图复印、数码复印、批量晒图、激光彩打、效果图、标书装订、精美装订、文档扫描、专业冷裱等业务，但“作家米粉”我也不能不去守着啊，我不去还叫什么“作家米粉”，也许有人去吃米粉的目的就是为了看作家呢，我不在的话那就是欺诈顾客啊。

但是如果我不留在打印店，那宋泽香一定会生气，她投资我开这个店的目的，就是不想让我离太远，不想让我整天待在熊熊投资给我开的米粉店里。

思前想后，虽然熊熊帮我在前，可谁让她是个胖子呢，关键时刻还是要看脸，我还是得以宋泽香，香香姑娘的店为中心。所以这家打印店就改名叫“香香图文快印”。我寻思以后生意好了，还要买个单反，开展摄影业务。

我的前老板，因为交不起房租，急于把店让出去，看到是我要盘下来，就给我打了个八点五折的熟人价，把各种器材也都留给了我。

这样一来，虽然饭店是先租的，但打印店换个招牌就可以营业了，所以虽然朱雨珠很快就把店铺腾空给我了，我却还是迟迟没去办营业执照和买桌、椅、板凳。

不过我也不着急搞这个，我需要先招到人，只要有了人，让他们替我去买就行了。所以我把打印店换了招牌开起来后，就用打印店的电脑在网上发布了一条招聘启事。因为是用微博发的，所以只简短到了一百多个字——“作家米粉”招聘掌柜一名，大厨一名，店小二一名，账房姑娘一名，月薪丰厚，工作地点长沙，有意者可私信联系，欢迎文艺青年报名。

说到文艺青年，我想起一件事儿来。那天跟女神还有郑好以及猪与猪，不好意思又打错她的名字了，不过你们应该能看懂我就不改了，我是想说那天我跟女神一干人等吃完饭后独自回家，路过一家书店，按说书店平时晚上九点就关门了，可是眼看快晚上十点了，书店里面还是灯火通明，购书人员更是排成了长龙。

我心中好奇想进去看看，还被人阻拦下来让我好好排队。我想着反正回去也没事儿，就老实排队看看吧。在队伍里我听前面的人唠叨，说人真是太多了，从中午到现在，得有上万人了吧，真称得上是万人空巷了。

听着他们的话我再看他们手里的书，才发现这是一场签售会。能把签售会开了近十个小时的人，估计古往今来就这一个人了。我就着月光和书店里洒出来的灯光，勉强看清了他们手中的书，作者竟是我童年好友。

关于他的故事，那真是可以写一本长篇巨著。和从小就立志当作家的我不同，他小时候的梦想是做一名医生，救死扶伤、舍己为人。

你们可不要以为我是在写鲁迅先生，后来，因为他发现国人愚昧，医得了体医不了心所以弃医从文。他比鲁迅先生可差远了，他人生命运的改变不是主动的，而是被动的。

在他十八岁那年，喜欢上了一个女生。这个女生可以说是文能安邦武能定国，生在古代不是武则天就是花木兰，可偏偏生在现代，不过生在现代也没啥不好，如果从政她肯定也能解决很多领土纷争。但她偏偏热爱文学，而且常常恨自己不是男儿身。

因为现代文学的主要阅读群体是女性，男性都要忙于养家糊口，偶尔有看书的，也是像我室友那样看的是正能量的书。例如，《一百天还原一个不一样的你》或者功能类书籍《家常炒菜一百种》《如何讨好女友欢心》之类的。文学艺术作品，主要消费群体是女性，她们要么买书给自己看，要么买书给孩子看。所以书的销量，完全是靠女性来决定的。

基于这样的原因，长得并不倾国倾城的我童年好友的女朋友，写了很多书，要么出版了没人买，要么没有出版。这种情形一直持续到他们一起读完大学。

毕业后他们跟人合资开了一家文化公司，我还给他们写过一段时间稿子。后来我的童年好友告诉我，他也决定当一名作家，不过他不打算真写，他只打算出出镜、拍拍照、给读者看看就行了。因为经过多年的研究，他的女朋友发现在这个女性消费的时代，男作家的书从数据上来看比女作家的书好卖，打造男作家，尤其是长得好看的男作家更容易成功。

我当他是在开玩笑，结果没过多久，市面上还真看到了很多挂着他名字和照片的书，销量还很不错。于是我嘲笑他说：“你一直写这种柔媚的故事，不担心有一天被读者发现了？”

他说：“读者那么单纯怎么会发现呢，而且我只是出售故事，我的外表只是对这个故事的一种包装和宣传。感动读者的是故事本身，不是我这个人。”

“可是读者是冲你去买的书啊。你这算不算是虚假宣传？”

“现在虚假的东西还少吗？我只是打着假的脸卖的真故事，起码是好东西。比那些打着美好的幌子，卖害人的东西的人强多了。”

话不投机半句多，因为观点不同，我们虽然在一个圈子，后来却再没有联系过。他虽然做着虚假的事情，但并不算伤天害理，所以就任由他去吧。在这个看脸的时代，讲理是没有用的。

突然又在街头遇到他的签售会，我觉得如果我空着手进去，可能会让他有些尴尬，以为我是来砸场子的，所以我索性还是不去了。在离开书店回去的路上，我有些担心，眼看他把气球越吹越大，离破碎也就不远了吧。如果真如他所说，等老去的那天，他要公开给读者致歉，那时候，以他的影响力会造成多大的轰动呢？

我们生活的这个时代，很多时候比小说更像小说，活在我身边的人，每一个都戴着不同的面具，把自己伪装得足够美好。在这样的前提下，要做一个诚实的人，实在太难了。好了，为了不至于太跑题，关于他的故事就讲到这里。

⑩

招聘启事发出去后，有一百多人在微博下面的评论里报名，但都不大正经。有人说："我会铁布衫、水上漂，你们需不需要保安？"还有人说："新店刚开业需要装修可以联系电话 ××××。"

我仔细看了下，正儿八经合适的，只有三五个人，不过也足够了，我要招的也就这么多。这几个人都是很听话地通过私信报名的，有一个甚至还附了照片。

我通过他们的私信去看他们的微博，从表面上看，除了报名厨师的那位，剩下的都是女生，看上去年龄也不大，保不准还是我的读者。

我跟他们约了面试时间，然后就和香香一起捣鼓起了打印店，别看她平日里一副女神打扮，真干起活儿来也挺麻利的。比熊熊靠谱多了，熊熊给了钱就闪人，脏活累活全让我一个人干。人家女神呢，出钱又出力，又是擦桌子、又是擦玻璃的，简直和那个一身性感装扮出入豪车豪宅的姑娘不像一个人。

说起豪车，我又想起辞职那天早上去找她的事情，那天她出去没多久包里就多了一张巨额银行卡，我如果是她男朋友的话肯定要就这事儿问个究竟。可惜我不是，虽然她对我还是不错的，但冷静客观地说，现实中还是我把她当方向盘，她把我当备胎。

所以纠结这些对我没好处，我还是仔细想想怎么把店开好，别把她借给我的钱全赔进去才好。其实反思一下，打印店之前会招不起员工、交不起房租的根本原因就是业务太单一，空有那么多台机器，除了打字、复印就没做别的了，稍微赚钱点儿的业务都被同行抢走了。这就导致前老板不想招人，招来也是闲着。结果不招人就没法开展太多业务，没有太多业务就不需要招人，如此恶性循环，只能关门大吉。

正所谓“不在其位，不谋其政”，当员工时一眼就可以看出的问题，真等我变成老板之后，却并没有立刻去解决这些问题。尤其是在打扫完店里的卫生之后。按道理说“新官上任三把火”，我应该先去把时间用在解决前老板没有解决的问题上，可是面对近在眼前的美女，我脑海里完全被“等下一定要约她一起吃饭”这样的念头给占据了。至于招人什么的，还是等饭店的人招齐了再说吧，不然两头忙我会累死的。

开店的初衷就是为了过得不那么艰辛，开两个店更是为了让自己喜欢的女生开心，如果最后搞得精疲力竭还没讨到心上人欢心的话，那我开什么狗屁店啊。

尽管我一忙完活儿就说“走吧我们去吃点儿好吃的”的时候，香香用那种——这种整天就想着泡妞甚至开店的目的也是为了泡妞的人，真是让人担心他的未来啊——眼神看着我，但最后她还是答应了我。

她就是这样矛盾的人，明明几十元钱找个阿姨就能解决的新店卫生问题，她却不惜弄坏自己贵重的衣服而亲自打扫。明明说句“我喜欢你”就可以解决的问题，却不惜先砸几十万元现金 PK 一下情敌。

可是我也不能嘲笑她什么，在挥金如土方面我虽然比不上她，在惜爱如金上面我们却是不相上下。不过我迟迟不敢对她说出心里话，是怕一旦被拒绝了以我死要面子的性格肯定再也不敢面对她了。她呢，似乎觉得两个人就这样相处也挺好，彼此都不用为对方负责，一旦戳破了这层关系，反而会尴尬吧。

不管怎么说，都要谢天谢地，因为香香快陪我一整天了，她那该死的哥哥也没开着豪车来找她，不然我恐怕很难抑制住卖掉一个店去买辆车的冲动。

虽然买来我也不会开。

眼看夜色已经降临很久了，再不各回各家、各找各妈，就得去开房了。这时候我是不会主动绅士地说“走吧我送你回去”这样的话的。因为前面说过，如果骑自行车送她回去，到家天都亮了。我也不想打车送她回去，因为我担心这样一说，她就真的让我送她回去了，我还没跟她待够呢。和喜欢的人在一起，就是什么也不做，只是静静地待着，也是一件很享受的事情。

不过即便我什么也不说，她也没有一点儿“要不回家跟我一起玩到天亮”的意思。我们一开始是在饭店耗着，后来看服务生的脸色不对了，不断来擦桌子，我们就换了一个咖啡店，但是坐久了，服务生又开始来不断地询问我们要不要再来点儿什么。真是烦死了，我发誓我要是开店，绝对优先招聘那些不爱说话的服务生，哑巴更好。

虽然待了一天我的俏皮话和从网上看来的段子已经讲完了，搜肠刮肚也讲不出新的了，要不是服务生不断地来打断我们，或许香香会转守为攻，主动跟我讲点儿童年趣事什么的。伟大的哲学家罗素先生说过，“当一对年轻人开始聊起童年，他们就离相恋不远了”。

童年都是弱小的，聊童年是示弱给对方，是渴望爱、渴望保护的体现。

可惜因为有服务生的存在，我始终没能从香香口中听到她的童年往事，我也不能为了避开服务生，而带着一个女神坐在马路牙子上让过往的流氓随便打量我的女神。

在服务生第七次来问我要不要再点点儿什么的时候，我把桌子上的柠檬水喝完，然后对女神说：“走吧，咱们换个地方。”

“太晚了，我看今天就这样吧，我该回家了。”女神说着拿起了沙发椅上的包包。

“就两杯柠檬水而已，还是我来埋单吧。”我假装大方地摸了摸空荡荡的包，里面的钱已经全部用来租房子了。只剩下一张还有五十万元的卡，还是我对面的女神暂时放在我这里的。

“你今天已经花了不少钱了，省着点儿吧，卡里剩下的钱就用来给你招聘的人发工资吧。”

“你是世上最好的白富美。”我能够给她的就只剩下赞美了。

“得了吧，如果有一天我一无所有了，你不嫌弃我我就知足了。”女神说完“一无所有”以后，神色突然就黯淡下来了。

虽然不知道她藏着什么心事，但我也不想多问惹她不高兴，今天已经玩得够开心了，花的还都是女神的钱，我简直是人生的大赢家。

女神准备打车回去，我以还想再陪陪她为理由跟她并排坐上了出租车的后座。在饭店的时候、在咖啡馆的时候我们都没有离得这么近。如今她的手就放在我手边，车里灯光又十分黯淡，我要是个不正经的人，一定会去抓住她的手。可惜我毕竟是个正经人，一直到她要下车了，我也没做任何表示，就当是一切尽在不言不动中吧。

女神下车的时候，我没有跟着下去，因为我不想看到她那个所谓的哥哥的那副臭脸。她住的这个地方我已经骑着自行车悄悄来过很多次了。这大概是这座城市里最贵的独栋别墅了，不知道他们是租的还是买的。唉，这时候好想哼一曲二手玫瑰的歌——

哎呀我说命运呐啊啊，生存呐啊啊……

目送女神回到住所以后，我叫师傅原路返回，结果没开出多远，电话响了。我以为是女神改变主意不想回家，想跟我一起共度良宵了呢，结果摸出手机一看是熊熊的号码。这死胖子真是扫兴，可她是我的恩人啊，虽然现在不是我的上司了，可是受人滴水之恩当以涌泉相报，受人几十万元的馈赠，不能不接电话。结果，接后里面却是一个男人的声音。

熊熊在我们俩经常去的烧烤摊喝醉了，店主用她的手机给我打电话让我去接人。唉，这个夜晚太丰富了，我猜到了前半场，却没有猜到结局。

平时熊熊都是开车去吃饭的，要么跟人一起，要么跟我一起。很少独自去，独自去了也很少喝醉。这次故意不开车，分明就是想买醉来的。可是以她的体格，醉了也很难有艳遇啊。

我带着同情心，把她塞进了刚才送香香走的那辆出租车，我估计司机肯定暗暗地对我竖起了大拇指，佩服我胖瘦皆宜、老少通吃。

我也懒得解释，直接送她回家。熊熊家就在本地，可是她和父母关系不好，很早就买了房子自己单独出来住。她装修的时候和搬家的时候我去帮过忙，所以路还是勉强记得的。没办法，谁让她是个胖子，她要是个女神，那么我就是偶然路过一次，也会把路记得清清楚楚。

好不容易把她弄到了家，我准备倒杯水放床头柜上就走，结果她一到家竟然清醒了，扶着墙自己就去厕所吐，吐完了又去厨房里找苹果醋喝。

看她恢复正常了，我就准备安全撤退，结果刚走两步还没到门口，她就从厨房出来了，看到我之后尖叫了一声，然后看清楚是我之后，她一脸诧异地问道："你怎么在这里？"

"大姐，是你喝醉了我把你送回来的。"

"那你还待着干什么？准备趁我睡着了占我便宜？"

"唉，胖子怎么都这么自恋呢？"

"敢说我胖，你找死吧！"

"我是实话实说，我这不正要走呢，我进屋到现在还不到十分钟。"

"十分钟能干很多事了！"

"好吧，我现在马上走，不过走之前我得劝你一句，苹果醋那玩意儿不能解酒，你还是多喝点儿白开水吧。"

"你管得着吗？我就想喝点儿酸的。"

"好吧，你喝吧，再见。"我快速走到门口，不想再跟这厮废话，这厮喝醉了脾气就臭，估计还以为她是我上司呢，我不走就只能等着受气被欺压了。

结果我刚打开门，就听到身后"咣当"一声，转身一看，她已经摔倒在地上。唉，我这个人就是嘴贱心软，一看人摔倒了就想去扶。也不想想自己这小身板儿能不能扶得起这近二百斤的大胖子。

我刚把手伸过去，她就拉着我坐到了地板上。

“别急着走，咱俩聊聊天吧，我一时半会儿也睡不着。”

“可是我困了啊，大姐，你该不会是借酒壮胆想跟我表白吧？”

“你别自恋了，别以为我对你好就是喜欢你，你这个人最爱自作多情，我对你好，只是本着与人为善的精神。”

“那我是不是要叫你一声同志。”

“别贫嘴了，我今天喝那么多酒，你也不问问是为什么。”

“我是挺好奇的，你今天太反常了，故意不开车，独自去喝酒，是孤独寂寞久了想找艳遇了？”

“艳遇你妹。我爸走了。”

她一句话，让我浑身一冷，感觉窗口黑乎乎地飘过了一个人。没等我回过神儿来，熊熊就自言自语地说了起来：“不是我亲爹，是我亲爹的朋友，算是我养父吧，我也叫他爸爸。我亲爹是公务员，因为我是家里第二个孩子，当时怕影响工作，我就被他送到了他一个在乡下的战友家里。

“我爸因为有关系，退伍后成了国家干部。我养父退伍后就回乡务农了。他们平时也很少联系，因为彼此的生活圈子都不一样。在一起除了回忆下当初一起当兵的那两三年的生活，再没有别的共同语言了。

“所以每年就只有过年的时候，养父才会带着我回趟城里，顺便带着满满三大麻袋的东西，里面装着剥好的花生，还有自己磨好的玉米面和面粉。

“养父总说，‘家里没别的好东西了，外面就这一个朋友，只能带粮食了。带别的你爹也不稀罕。’你别小看这点儿粮食，那年月粮食最值钱了。我在乡下待了十年，后来回到自己家里，再后来去读大学，一转眼三十年过去了，这期间这三袋粮食年年都没有断过。这种情谊你懂吗？平时几乎没有任何来往的两户人家，彼此的朋友圈也毫无交集，但就是凭借年轻时在一起当过兵的一点儿友谊，就一直维持了一生。所以我希望我和你，也是这样的友谊，这样长久的感情。”

熊熊说完这段话，就睡着了。我不知道她怎么突然想起跟我回忆这个，不过换做任何一个人，知道养育了自己十年的人走了，也会难过吧。我听以前的同事说熊熊以前没这么胖，后来不知道遇到什么变故了才开始暴饮暴食的。

而在我眼里，她一直都是喜怒无常，但又十分包容我的上司。我无意介入她的个人生活，但是她讲的她亲生父亲和养父之间的友谊，还是让我十分动容，因为回想一下，这么单纯的朋友，在我的生命里似乎没有，如果不算上熊熊的话。

回顾我这些年来的经历，去过的高档消费场所只有医院，拥有过的奢饰品只有女朋友。尽管写了不少小说，那也只能说是——我之前的人生在纸上，被风吹乱。

而我一生的渴望是被人收藏好、妥善安放、细心保存，免我惊、免我苦、免我四处流离、免我无枝可依。

写下上面一段话的时候，香香突然从我身后探出头来，吓了我一跳，想关掉文档已经来不及了，只能继续写下去。

而她呢，一边看一边感叹：“你这风格转换得也忒快了，前面还是侠骨铮铮的硬汉子呢，怎么一下就变成柔媚、忧伤、玻璃心的小姑娘了？”

我想解释说那段柔媚的话是我从网上摘抄的，我本人可是一个24K纯金男。可惜没等我说出口，她就把削好的苹果塞到我嘴里了。

你没看错，打印店正式开始营业的第五天，我就把香香带回家了。女神入手，万事无忧。我入驻两家店，当上CEO，直奔人生巅峰的唯一目的就是迎娶白富美。如今白富美已端坐家中，讲故事这种苦差事，只好暂时放一放了。

CHAPTER 07

一梦十年

①

◇◇◇

我是一个刀客，但是从来没有人看到过我的刀，不是因为看到我的刀的人都死了，而是因为我从来没有刀。

我曾经有一个师父，他告诉我："刀客所追求的最高境界是人刀合一，而不是形式上的刀不离身。只要心中有刀，那么世间万物皆可为我所用。"师父说完这些话就死了。师父死了以后，我开始行走江湖，由于没有达到人刀合一的境界，遇到对手的时候我常常被砍得血肉模糊，但由于我跑得快，所以一直活到现在。

我身在江湖，却与江湖格格不入。作为一名没有刀的刀客，就像一只没有翅膀的鸟一样。我试着向鄙视我的人讲述人刀合一的道理，可是他们听不完一句话就拔刀相向，在他们看来，刀客的嘴巴只是用来吃饭的，像我这样废话连篇的人简直是侮辱刀客这个行业，应该被千刀万剐。

也曾有人劝我放下屠刀、改行说书，可是我没有刀，也就放不下。就算我想放下，官府也不允许，因为我杀过人。

那是在蓟城，我那时还不是刀客，迫于生计，我在一家客栈做店小二。某天深夜，有客人来住店，睡前要了一碗牛肉面，吃完面后，他问我面里为什么会有一只苍蝇，我说我只是个店小二，不是算命的。如果一定要知道面里为什么会有苍蝇，需要再付一两银子，我去请本城最著名的青年算命师来告诉他。他听完我的话，冷笑一声，就去拔刀。

那时候的刀客就是这样不讲道理，还好我早有准备，撒腿就跑。他举刀在后面追我，由于不熟悉地形，他从楼梯上滚了下来，摔到了头，死了。按道理说，刀客是不受法律保护的，死了活该。可问题就在于他是一个外国的刀客，而且我们国家的公主刚嫁给他们国家的王子，我的行为破坏了国际间的友谊，于是我就被关进了大牢，秋后问斩。

我在牢里待了半年，终于到了秋天，谁承想皇帝生子，大赦天下，于是我的刑期又往后推迟了三年。这三年里我思考了许多人生道理，比如与其做一个老实本分的店小二，不如做一个横行霸道的刀客。虽然前者包吃包住还有工资，后者四处漂泊、居无定所，还要常常饿肚子，但是人不能只满足于衣食住行，应该在精神上有所追求。

有了这样的想法之后，我就开始协助一个要越狱的人挖地洞，这个人是个真正的刀客，行走江湖多年，杀人无数。我们用了两年多的时间，挖出一个洞逃了出去。逃出来后，他由于太兴奋、太激动，很快就死了。临死之前我告诉了他我想做一名刀客，他告诉了我刀客应该有什么样的追求。

这个人就是我的师父，刀客除了有刀之外，还应该有个师父，这是江湖上的规矩。江湖上总是有许多这样或那样的规矩。我讨厌规矩，但是没有办法，毕竟人在江湖，身不由已。我因为没有刀，受尽了鄙视，如果再连师父都没有了，那就太对不起刀客这个职业了。

成为刀客以后，我却再也没有杀过人，不是我不想杀人，实在是没有机会，就算有机会，也没有能力。为躲避官府的通缉，我去了趟高丽国，整了容。以前我特别帅，在客栈做店小二，每天可以拿到不低于五两银子的小费。整容之后，连我自已都认不出自己了，口歪眼斜不说，以前那乌黑的头发也掉光了。这样一来，即使我想回去做店小二，也不一定会被录用了，客人见了我，一定会食欲大减、失眠多梦、记忆力减退。

战国时期，刀客分很多种，有的隐居山林独自修炼，最终被野兽吃掉；有的漂泊四方行侠仗义，最终成为一个传说；也有的混迹于市井之间恃强凌弱，最终被人砍死。像我这种刚入门什么都不会连温饱问题都无法解决的，就只能躺在街边睡觉了。

虽然我每天都躺在街边睡觉，看上去和其他乞丐一模一样，但要是有人和我聊天，就会发现我和那些乞丐还是有区别的。乞丐躺在街边睡觉是在等待施舍；我躺在街边睡觉，是在等待时机。同样是等待，但是因为等待的东西不同，身份自然也就不同。

我想："总有一天会有人来找我，请我吃红烧猪蹄或者卤鸭子，给我一袋金子，让我去杀某个人。"我的与众不同就像千里马一样，迟早会被伯乐看出来。杀人是一项多么刺激的工作，虽然有些危险，但是如果不杀人，我就永远达不到人刀合一的境界。

就这样从春天一直躺到冬天。天气越来越冷，总在街上躺着也不是办法，我只好起身四处溜达。有一天，我看到墙上贴了张告示，说是太子打算招募一批勇士，只要勇敢就可以，干过杀人放火的勾当也不会追究。我有些心动，但又怕是个骗局，直到很多刀客都进了太子府，领到了俸禄，分配到了房子，我才去报名。由于我曾经杀过人，再加上相貌狰狞，所以很快就通过了面试，没过多久，就成了太子府上的正式门客。

那时候流行养门客，齐国有孟尝君，魏国有信陵君，楚国有春申君，赵国有平原君，现在我们燕国也终于有了太子丹。门客的待遇分为三等，头等门客吃的是鱼肉，出入有车马；二等门客吃的也是鱼肉，可没有车马；三等门客只吃些粗茶淡饭，反正饿不着就是了。我就是那三等门客，可即使如此，也比躺在大街上挨饿受冻强。

因为门客中武艺高强者甚多，所以我平时言行谨慎，不和他们发生冲突，也不和他们交朋友。除了这些门客，还有两个上宾。一个叫樊於期，原本是秦国的大将，他煽动秦王的兄弟长安君造反没成功，长安君被杀了，樊於期就逃到了我们这儿投奔了太子，太子在易水的东边给他盖了一所房子；另一个叫荆轲，他是个剑客，太子对他最亲切，把自己的饭食给他吃，自己的衣服给他穿，也在易水东边给他盖了一所房子。

荆轲有个好朋友叫高渐离，容貌秀美，擅长击筑（击弦乐器，颈细肩圆，中空，十三弦）。他们俩常常一个击筑一个唱歌，说实在的，荆轲的歌声很难听，能把不哭的小孩儿吓哭，也能把哭着的小孩儿吓得不哭，但因为他是太子的上宾，所以大家都忍着不去羞辱他。

就这样，我们像猪一样被太子养着，除了吃饭睡觉长肉，不需要做任何事。久而久之，很多刀客、剑客都放松了对自己的要求，以前练武是为了杀人以及防身，现在没机会杀人了，练武就显得多余了。他们的刀剑常常随便乱放，有时候我无聊了就拿他们的刀剑耍一耍。我毕竟是个有追求的人，所以一直对自己要求严格。比如不吃肥肉和甜食，晚饭后一定去跑步等。

樊於期有时候会把我们召集到一起，告诉我们不能太懒惰，万一哪天太子需要我们了，我们得拿出自己的本领去战斗。然而没有人听他的，他是秦国人，说话很慢，方言口音很重，多数时候我们都听不懂他在唠叨什么。即使听懂了，也没人放在心上，毕竟已经过去两年了，太子也没叫我们做什么。我想："多数人是看不惯樊於期的，因为他是逃过来的，因为他是外国人，因为他的待遇比我们高。"

然而我并不反感老樊，毕竟他曾经是当过将军的人，当过官的人都喜欢讲话。在我们燕国，没有人听他讲话，实在太委屈他了。后来樊於期也看出大家不怎么欢迎他，同时也看出我不怎么反感他，于是他就不再来找我们讲话，偶尔想讲话了，就派家丁叫我到他的府上。

众所周知，我的腿比我的刀快，我的嘴比我的腿快。作为一名刀客，这是让人鄙视的。但是如果要是和人聊天，就会被仰视。然而我说的话通常都没什么趣味性，会让人感到无聊以及讨厌。如果对方心脏不好，生活有压力，常常会被我滔滔不绝的废话搞崩溃。然而老樊喜欢听我说话，那时候还没有同性恋这种说法，所以我和老樊勾肩搭背的并没有引起人民群众的鄙视。老樊偶尔会教我怎么用刀，然而只是用刀切切萝卜、黄瓜之类的。老樊说："假如你把刀法练好了，以后会有大用场。”

和老樊混熟之后，我让他介绍荆轲给我认识。荆轲见到我，第一句话就问：“你妈贵姓？”

我说：“我爸姓秦。”

于是我们就这样认识了。

荆轲说，他欣赏我的干脆利落，大丈夫就该这样，磨磨蹭蹭的人都该拿刀剁了。他的话让我很害怕，因为我虽然平时表现得很爽快，关键时刻却是一个磨磨蹭蹭的人。我担心迟早有一天，荆轲会发现我的本质，然后把我剁了。若想不被他剁，要么跑，要么达到人刀合一的境界。于是我开始很卖力地向老樊学习刀法。

有一天，老樊说他已经把他毕生所学全传授给我了。老樊说这句话的时候，荆轲也在场，荆轲听了老樊的话后很兴奋，他说：“时机终于到了。”

我不知道荆轲说的时机是什么，这时候，太子来了。

太子说：“秦国屡次侵犯燕国，占我国土，杀我国人。若我们不灭秦国，就要被秦国所灭。在兵力上，我们远不是秦国的对手，所以我打算派你们去刺杀秦王。”

荆轲接着对老樊说：“秦王害死了将军的父母宗族，还出重赏要将军的脑袋，将军不想报仇吗？”

老樊一听荆轲说这番话，眼泪就掉下来了，他叹息着说：“我一想到秦王，恨不得跟他拼命，可是以我一人之力，哪里办得到啊？”

荆轲说：“我倒有个主意能帮燕国解除祸患，还能替将军报仇，可就是说不出口。”

老樊连忙问：“什么主意？说啊，说啊。”

荆轲刚一张嘴又闭上了，老樊见他话到嘴边又咽了回去，就催他说：“只要能够报仇，就是要我的脑袋我也乐意给，你还有什么不好说出口的啊？”

荆轲说：“我决定去行刺，怕的是见不到秦王。我要是能够拿着将军的头颅去献给他，他准能让我见他。到那时候，我左手揪住他的袖子，右手拿着匕首扎他的胸脯，这样，将军的仇、燕国的恨，以及各国诸侯的恐惧都能了结。将军您瞧怎么样？”

老樊说：“我天天想着这件事，你还怕我舍不得这颗人头吗？好吧，你拿去，祝你马到成功！”说完，老樊就夺了我手上的刀，自杀了。我看得目瞪口呆。老樊平时挺磨叽的，关键时候这么爽快，和我刚好相反。

荆轲对我说：“你随我一起去吧，我怕万一我杀不死秦王，那老樊死得就太冤了。”

我看了看太子，他一脸的期待，看了看荆轲，他脸上带着杀气。我想：如果我不答应，那就对不起太子这几年来的照顾；如果不答应，荆轲没准儿会剁了我。没办法，我只好点了点头。荆轲说：“除了人头，我们再带张地图，到时候连头带地图一同献给他，匕首就藏在地图里。”

动身那天，太子穿着孝服到易水送我们，荆轲兴致很高，喝完酒，大声唱着：“没老婆兮真可怜，吃饱不饿兮不思返！”

荆轲虽然没有老婆，但是府上有很多姑娘伺候他，而我却连姑娘的手都没牵过，所以他的歌声让我很愤慨。但我没说什么，低头猛啃猪蹄，吃了这顿，下顿能不能吃到都不一定了。

高渐离要随我们一起去，被荆轲拒绝了。荆轲说：“有舞阳陪着就足够了。”其实我一点儿也不想去，秦王和我没有冤仇，我为什么要杀他。我不像荆轲那样，为了出名可以连性命都不要。啃了三个猪蹄，喝了八碗酒，我就上了车，上车后倒头便睡，醒来后就到了咸阳。

秦王听说我们带着樊於期的人头和燕国的地图，就召见了我们。我拿着地图，荆轲捧着装了老樊人头的木匣子，一步一步地上了秦国的朝堂。秦王看了老樊的人头，很开心，荆轲就趁机拿着地图指着上面的城池给秦王看，等到地图全部打开后匕首就露了出来。

秦王看到匕首，有些迷茫，就问荆轲：“这把匕首是贵国的国宝吗？”荆轲说：“能杀了你就是宝，杀不了你就是块废铁。”秦王一听这话，立刻蹦了起来，荆轲连忙抓起匕首，扔掉地图，左手抓着秦王的袖子，右手刺了过去。秦王使劲向后一转身，袖子就断了。再之后文武百官拼命把手上的东西往荆轲身上扔，荆轲受了伤，秦王就跑掉了。

荆轲刺秦王的时候，我就站在旁边，然而我并没有动手，不是因为手上没刀，而是我在迷茫之中。我觉得，时机还是没到，我们来得有点儿早。等我回过神儿来，朝堂下的卫士已经扑上来要捉我，我撒腿就跑，一口气跑到了高丽国。我打算整容后再回去，练成了人刀合一再去刺秦王。

②

◇◇◇

战国时期有一句广告词家喻户晓：美丽的身体，美丽的人生，美丽从高丽国开始。

刺杀秦王未遂后，全天下都在通缉我。没有办法，我只好逃到高丽国做整容手术，手术进行了几次，直到我自己也认不出自己了，才满意地回到了中原。

这个时候，雇佣我杀秦王的太子丹已经被杀了，燕国也搬迁到了辽东，高丽国已经被秦国兼并，赵国只剩下一个代城了，秦王一统天下已是大势所趋，差的只是时间。

受战乱的影响，我不停地漂泊，因为有了樊於期传授的武功，我每天都可以吃到红烧猪蹄，我不喜欢杀人，但是每个月也会杀几个不得不杀的人。

我时刻不忘自己的追求，但是随着时光的流逝，我多少有些怀疑师父所说的话，人刀合一的境界或许只是刀客们的一种幻想，现实中没有人可以达到那种境界。然而达不到那种境界，就不能去杀秦王，这是我的原则。

我觉得我活着，就是为了两件事：一件是达到人刀合一的境界；另一件就是刺杀秦王。如果我达不到人刀合一的境界，就杀不了秦王，可能还会被秦王所杀，我不怕死，只怕死之前不能达到人刀合一的境界。

没有人告诉我，该怎么做才能实现自己的理想，也许坚持到死都一无所获，也许明天就会遇到转机，我只能心存期待地活下去。

流浪到楚国的时候，我认识了一位姑娘。她只有十几岁，但是可以看出来，她长大了会是个性感迷人的姑娘。我父亲在世时就常常教育我，说："要用发展的眼光看姑娘。"我看到这个姑娘后，就想停止流浪。

姑娘的父亲是个酒馆老板，由于战乱，姑娘的弟弟和母亲都死了，她和父亲相依为命。我本来不爱喝酒，但是为了看她，我每天都到他们家的酒馆去。

去的次数多了，就和她混熟了。这种熟是心灵上的，平时我们并不说话，只用眼神交流，从每一次我要一斤酒她都给我一斤半这一点来看，她是喜欢我的。

可是她父亲对我的态度却不像她那么好，因为他们家养着猪。这个小镇上养了猪的人家对我的态度都不好，因为我每天都会割一些猪蹄吃。我刀法很快，猪被我割了脚之后根本感觉不到疼，只觉得腿上微微一凉，然后身子就倒了。等到猪们明白过来，发出疼痛的尖叫声时，我已经把猪蹄烤熟吃进肚子里了。

猪的主人虽然知道是我吃了他们的猪蹄，也拿我没办法，他们不敢惹我，因为我是一个不讲道理的刀客，久而久之，这个镇上再没人养猪。没有猪蹄吃的日子是寂寞的，看世间万物都像猪蹄。

好在那姑娘很快就长大了，并且如我先前预料的那样，长得一顾倾人城，再顾倾人国。每天都会有媒婆上门提亲。为了表示诚意，我花钱请了方圆百里最权威的媒婆去帮我说亲，但姑娘的父亲一听说我是名刀客，立马就回绝了。这让我感到很没面子，我一感到没面子，就会做傻事。

在一个月黑风高的夜晚，我拿了一个大口袋，穿上夜行衣，跳到姑娘家的院子里，踢开姑娘住的房门，将穿着兜肚正在床上酣睡的姑娘装进口袋里，然后往肩上一扛，施展轻功，一口气跑了八百里。

天将亮时，我停下了脚步，口袋中的姑娘仍在酣睡，我不忍心弄醒她，就去附近的人家借了几件女孩穿的衣服。借衣服的时候，我看到这户人家养了几头肥猪，就顺便割了两个猪蹄。等到我把猪蹄洗净烤熟，姑娘就醒了。

很多年后，姑娘告诉我，那天醒来，看到自己穿着兜肚躺在树林里，身上盖着一个陌生男子的衣服，又看到我手中的猪蹄和我贪婪的眼神，她就明白了自己的遭遇。她没有哭，她是个随遇而安的人。小时候，她常听外婆说，幸福的生活，要从恋爱开始。

我见她醒了，就对她说："姑娘你好，我叫秦舞阳，燕国人，曾经刺杀秦王未遂，我是一名刀客，我的理想是达到人刀合一的境界以及刺杀秦王。"

之前我从来没有对她这样说过话，虽然我每天去酒馆都可以看到她，可我每次都只是默默地喝酒，付钱，走人。那时候我觉得能和她待在一起被她含情脉脉地看上几眼已经是奢侈的了，是否说话都不重要。然而此刻她已是我的人，做一下自我介绍还是很有必要的。

她听了我的话，嘴巴张得好大，很惊恐的样子，直到我把烤熟的猪蹄递给她，她才恢复了正常的表情，她说："原来你就是刺杀过秦王的秦舞阳，你好勇敢。据说你的头颅现在比一个国家还值钱，你告诉了我你的身份，不怕我去告发你吗？"

我啃了一口猪蹄说："告发了我又如何？普天之下，有几人能取我的头颅？更何况你们楚国和秦国有那么深的仇恨，你怎么会去告发我呢？"

姑娘不再说话，默默地啃着猪蹄，两个猪蹄下肚，她打了个饱嗝儿，问我："你要带我去哪里？"

我想了想说："我也不知道要去哪里，其实去哪里都可以，我是一名刀客，四海为家，去哪里对于我来说都是一样的。你有没有特别想去的地方？"

姑娘说："我想回家，我不想就这样跟你走了，我父亲现在一定在四处找我，我母亲和弟弟都死了，我是他唯一的亲人，失去了我，他会很难过的。"

我说："你不能回去，你回去了你父亲就不会让你跟我走了，你要知道，我是一名刀客，像土匪一样的刀客，如果我抢了你又把你送回去，一来会被人笑话，二来也违背我做人的原则。希望你不要让我为难，再想一个别的去处吧。"

姑娘踌躇了一会儿说："那就去且兰国吧，我的老家在那里，是战乱让我们背井离乡的，不知道我外婆是否还活着，你能带我去吗？"

滇王庄蹻原是楚国的将军，奉楚王之命西征，收且兰国，灭夜郎国，统一了滇池地区，后欲归国报功，因为秦国派人夺取了蜀地以及楚国的黔中郡，归路被切断，庄蹻便率其部属两万余人留驻滇池地区，自立为王。

去往且兰的路上，我给姑娘取了个名字叫布小乐，她是苗族人，原来的名字叫云布绛茜乐，叫起来太绕口了，而且不好记。她很喜欢我给她取的名字，一路上缠着我讲故事。小乐问："为什么你当初不帮荆轲杀了秦王？"于是我告诉了她一些我在燕国做门客时的事。

当初，太子丹为了让荆轲去刺杀秦王，百般讨好荆轲。有一次设宴请荆轲，我和老樊作陪。宴会上，太子丹特意叫来一个能琴善乐的美女为荆轲弹琴助兴。荆轲听着悦耳的琴声，看着美人那双纤细、白嫩、灵巧的双手，不禁魂飞天外，连连赞道："好手！好手！"并一再表示，"但爱其手。"听到荆轲的称赞，太子丹立即命人将美人的双手斩断，放到一个盘子里，送给了荆轲。

那件事对我触动很大，我觉得秦王确实可恨，但太子丹也绝非好人。我当时若是杀了秦王，天下人只会觉得我是帮太子丹杀秦王。帮一个小坏蛋杀了一个大坏蛋，在我看来是件很不光彩的事，所以荆轲被擒后我就跑了，我觉得我和他们不是一路人。

小乐说："我喜欢你的特立独行，不过你以后能不能不要随便杀人，我们才走了一半路，你就杀了五个人了。我害怕血腥的场面，我希望你温柔点儿，尤其是见到我外婆后，千万要斯文。"

小乐是个混血儿，父亲是楚国人，跟随庄蹻西征，收复且兰国后就驻扎下来，娶了苗女为妻，生了布小乐。小乐十岁时，父亲思念故土，带着一家人逃回了楚国。之后战事频繁，小乐就再没有回过且兰国。

我们到了小乐以前生活的寨子，却找不到她的外婆。听当地的苗人说，小乐的父亲逃走后，在当地造成了很恶劣的影响，很多楚国士兵效仿小乐的父亲，带着妻儿逃了回去，后来酋长就杀鸡吓猴，杀了一部分人，赶走了一部分人。那次整风运动之后，小乐的外婆就不知所终了。我们在小乐以前住的空房里住了下来，有空了就去附近的寨子打听小乐外婆的下落。

由于没有见到她外婆，所以我到了苗寨以后并没有斯文起来。面对陌生人，我很少说话，因为大部分人是听不懂我说的话的。遇到能听懂我说的话的人，我就滔滔不绝。打听到对方家里养有猪，半夜我就会去割猪蹄吃。我想我在这里不会生活太久的，就算这里的人不怪罪我吃了他们的猪蹄，我也不习惯这里的环境和气候。且兰国的土地是红色的，土地上面长满了灌木和高大的竹子，我平时只是在我们住的寨子附近溜达，怕走远了会迷路。

且兰国的节日很多，斗牛、杀鱼、祭上、祭树等都是节日。节日里他们要大碗喝酒、大块吃肉，女人也喝酒。且兰国的女人很可爱，大都长着圆滚滚的屁股、高高的个子、宽宽的肩膀、细细的腰。节日里她们穿着百褶裙，身上、头上挂满了银饰，几千人在一起跳舞，特别壮观。

在苗寨待了一年，还是没找到她外婆。小乐打算继续找下去，我却待不住了。我不喜欢这样平静的生活，每天都是做重复的事，一点儿意思也没有。小乐不愿意随我出去，理由是外面太乱，出去了可能就回不来了。我舍不得小乐，只好继续待在苗寨里。由于心情不好，我常常和人发生争斗。苗寨里没有人是我的对手，时间久了，我擅长打斗的名声就传了出去。那时我已经改名叫郁小闷了。

有一天，且兰王派人来找我。当时的且兰国已经名存实亡了，王室成员虽然都还活着，但军事、政治以及经济等都由楚国人掌管。且兰王希望我帮助他复国。吃完且兰王送来的猪蹄，我什么也没说。

直到小乐回来，我才对小乐说：“我想出去做点事儿。”

小乐叹了口气说：“我知道你过不惯平凡的生活，再留你只会把你憋出病来。你若执意要走，我只希望你能早点儿回来，还有就是少杀无辜的人。以后不要吃太多猪蹄，你才二十岁出头，肚子已经鼓得像个孕妇了，实在很不雅。”

辞别了小乐，我跟随且兰王的手下前往且兰城。路上我觉得有人跟踪，就让且兰王的手下先回去，然后潜伏下来杀了跟踪的人。我想跟踪我的人大概是滇王的部下。杀人的时候，我想起了小乐的话，但还是没有手软，把跟踪我的人全部杀了。这时候我觉得我是一名真正的刀客了，不带任何政治色彩、感情色彩的刀客，刀客只忠实于自己的刀，刀客只对自己的刀有感情，刀客可以杀任何人。

到了且兰城，且兰王把我安排到王府里，每日派香软的美女伺候我，不让我做任何事。偶尔找我下下棋、聊聊天，就像对待自己的表弟一样。

我想：“且兰王大概是在和我培养感情，他是怕我变节，怕我杀不了他要杀的人，反被他要杀的人收买。”当初太子丹对荆轲就是这样，只不过且兰王对我更好。在王府住了半个月，我就开始怀念和小乐一起住的苗寨。我常常这样，在一个地方待上一段时间之后，就拼命想离开，觉得再不离开自己就会疯掉。等到真正离开了，又开始怀念那个地方。

且兰王最终和我结拜为兄弟，并且昭告天下。这样一来，他日我若背弃了他，必然会遭到天下人的耻笑。我佯装受宠若惊，每日喝酒吃肉，心里把且兰王的祖宗骂了一个遍，嘴巴上却不提离开二字。

我想："普天之下，除了小乐，我无法信任任何人。"在且兰城住了半年后，我终于接到指令，去杀滇王。然而我刚离开王府，且兰王就被杀了。不用猜肯定是滇王干的。政治斗争有时候不见血光，却比每日死人无数的江湖更险恶。

我回到苗寨，却找不到小乐，昔日的住所已经被烧毁，狼藉不堪。我登上山岗，举目望去，四处无人。苗人有迁徙的习惯，哪里住不下去了，就一走了之。可是这里并没有发生大的战争，就算发生了，也不会半年的时间就走得没有人烟。我想象不出发生了什么事，不知小乐是生是死。

我一直在山岗上待到半夜，想了很多过去的事情。以前我在蓟城做店小二的时候，是个安分守己的人，虽然没见过什么世面，但是活得很踏实。后来做了刀客，学了一些刀法，行走江湖，不能说是天下无敌，起码鲜逢对手。一晃这么多年过去，我杀人无数，负伤也无数，好玩的地方都去过了，好看的景色也看得差不多了。仔细想想，江湖也不过如此。我的理想虽然还在，却让我感到遥不可及。一种虚无感包围着我，我想我会就此颓废下去；我想假如小乐现在在我身边，对我说："咱们就在这里安家吧，哪里也不去了，就在这里终老好不好？"我一定会答应她。

然而小乐毕竟是不在了。下山的时候，我遇到一头老虎，却没有杀它。如果换成以前，就算它不咬我，我也一定会将它打死，因为杀生越多，我的经验就越丰富，遇到更强的对手时我应变的方法也就越多。然而现在我心里很难受，所以懒得理它。下山后，我砍了很多竹子，打算修建一座新的寨子。我想："小乐一定会回来的。

我要养一些猪，做红烧猪蹄给她吃。”吃自己养的猪的猪蹄，心里踏实。

一个人的日子过得很慢，一碗粥能喝上半天，一个猪蹄能啃到凉透。有时候，蹲在茅坑里，会不由自主地想：“有一天，我会病的，会老的，会什么也做不了的。”想到这些，我就感到很难过。

我会一直在这里住下去吗？或者，我应该回到燕国去，回到我的出生地。十年前，我怎么也想象不到有一天我会待在炎热的南方的苗族寨子里回忆过去；十年后，我又会在哪里回忆现在呢？

光棍节的由来

◇ ◆

CHAPTER 08

引子

写一篇关于光棍节的文章是我由来已久的愿望。我有许多愿望，大到当上皇帝再来一次焚书坑儒，小到弄死邻居家那只我九岁那年咬过我一口，现在已经老得站立不稳、牙齿脱落、大小便失禁的狗。与这些龌龊反动的愿望相比，写一篇关于光棍节的文章倒显得冰清玉洁。正因为它冰清玉洁，所以想了多年我却一直没有动笔。有所期待是种美好的生活状态。如果不是遇见夏沫，我可能会一直怀着这个愿望直至老死。不知为何，世上有许多像夏沫这样的人，表面上助人为乐，实际上巧取豪夺。在那个月黑风高的夜晚，无所事事的我们向彼此倾诉心灵最深处的愿望之后，夏沫就找来庄生的《梦蝶》，找来《疯狂英语》，找来《本草纲目》。作为一个专业扯淡者，其实根本不用读这些书，完全可以凭借想象力扯出一个美轮美奂的淡，就像性欲旺盛的人根本不需要看成人片来刺激神经一样。可是，伟大的夏沫认为，为了把这个淡扯得与众不同、空前绝后，必须要把她准备的材料细细地品味一遍，如果还没有来灵感就再品一遍。我一直想不明白貌美如花的夏沫为何举手投足都这么恶劣，但我宁愿咬牙切齿地拿起笔，也不愿承认三年前从一群混混手里将她救出，并以身相许的行为是错误的。为了避免引子写得比正文还长，就此打住。

正文

我比平时晚了五个小时醒来。平时是早上七点就醒了，也就是说，这次我醒来时已是中午。

是因为喝了酒、吃了安眠药，还是睡得太迟以至于我起得如此之晚，我已想不起原因。事实上，我也没想这些。膀胱的肿胀让我首先想到的是上厕所时是否需要排队。我讨厌排队，尤其是在上厕所的时候，那些人一个比一个恶劣。站着时都是迫不及待、火烧火燎的样子，蹲下后立刻忘记了站着时的悲哀，一脸陶醉，报复似的占着茅坑，一斤屎分十两拉，直到蹲得两腿酸麻了才起身。还有银行办事处、车站售票处、医院挂号处，处处人山人海。我只能后悔自己投胎时太匆忙，看到了今世的繁华，忽略了人口的爆炸。

我下床找拖鞋，却看到一双红色的绣花鞋。我以为自己看花眼了，可是揉揉眼睛再看，那双鞋子依旧整齐地摆在那里。我的大头皮鞋、人字拖鞋、臭袜子、破牛仔裤全都不翼而飞了。我回头看床上，并没有睡女人。事实上，我的房间除了我妈以外再没别的女人来过。管不了那么多了，我打算先踩着这绣花鞋解决完膀胱的问题之后再思索这些怪异的事情。可是当我把脚放进鞋里之后才发现大小刚好合适，穿鞋时我甚至发现自己涂着蓝色的指甲油，而且脚上的皮肤白嫩爽滑。我那双奇臭无比站着可以支撑身体、坐下可以当武器的香港脚哪里去了？等我再低头一看，更绝了，该长胸毛的地方长着一对软香的乳房。昨晚明明穿着碎花大裤衩睡觉的，现在身上却裹着一身白绸。找镜子的时候我发现房间里的摆设也变了，该放吉他的地方放着古筝，该放篮球的地方放着针线刺绣。终于在衣架旁找到了镜子，定睛一看，我大吃一惊，镜中竟然是一古色古香的长发美女。接着我不自信地伸手往两腿之间一摸，果然空荡荡的。我失声叫了一声妈，听到的却是一声娇媚十足的女中音，而且叫的也不是妈，而是娘。

之后，娘没来，来了一身着绿衣的丫鬟。她说："小姐醒了，蔡府设宴，媚姑娘请小姐出席。"

我想说去你的，敢叫我小姐！张口却变成了："待我梳洗一下，去取了粉色的尿盆过来。"

丫鬟去而复返之后，我才想起来古代没有厕所，大户人家的姑娘都备有五颜六色的尿盆，排泄之后，由专人负责坑埋。若有和唐僧沾亲带故的读者，可能要问："那小户人家的姑娘怎么办？是自己坑埋吗？男人又是怎么解决同类问题的？如此环保的方法是谁想出来的？当时的政府是否对那个想出这个方法的人予以奖励？在没有纸的时代他们用什么擦屁股呢？"

该放体育报以及时尚杂志的地方摆了几本蓝皮线装的诗词集，从一张手抄的《汴梁晚报》上我得知自己正处在1111年，真是个好年份。当然，报纸上写的是政和元年，推算一下，此时的皇帝应该是赵佶。那个信奉道教，痴迷于书画、蹴鞠、奇花异石，不理朝政，宠信奸臣，却号称体神合道骏烈逊功圣文仁德宪慈显孝皇帝的宋徽宗。看我的住房，似乎是官宦人家。至于我的姓氏，等会儿在宴席上自然可以打听出来。既然丫鬟没有叫我夫人，那证明我还没有出嫁。由我睡到中午也没人打搅可以看出，我日常生活的两大主题就是吃饭和睡觉。后来我发现自己还会写一些长短不一的句子，后人管这个叫词。

出席酒宴的净是一些脑满肠肥、大腹便便的家伙，偶尔瞥见一两个眉目清秀的公子，身边也早已有女眷陪伴。我端着半杯西域进贡的红酒，在灯红酒绿、莺声燕语中穿行。这酒喝得煞是郁闷，还好有满院的奇花异草争芳斗艳，从某种程度上弥补了我因为看不到帅哥而产生的遗憾。

顾影自怜间，有人自身后拍我的肩膀，下手极轻，抬手时轻轻一捏。不回头，我便知此人必然是媚娘——当朝太师蔡京的小女儿。只听她左一口“幼齿”，右一口“幼齿”，叫得极其亲切。“幼齿”是李清照的乳名。媚娘说，今天是齐云社和黑虎社决赛的日子，问我要不要去看。我自然点头微笑，自袖中取出黑色面纱，随她来到街上。当时的东京汴梁城，无论人口还是经济都居世界第一。城分八个区，士农工商，井然有序。每个区都有一个足球场。足球在那时叫蹴鞠，球队叫社。由我们俩走街串巷轻车熟路的样子可以看出，我们不是第一次来看球赛。齐云社有个穿白衣、系蓝腰带的男子，举止大方，姿态潇洒，每次球传给他时，我都会情不自禁地捏紧手中的丝帕，咬紧银牙。听媚娘说，这男子是吏部侍郎赵挺之的儿子赵明诚，在城西郊读大学，酷爱金石书画，玩蹴鞠的水平更是民间第一。看着他生龙活虎、闪转腾挪的样子，我突然想起昨日作的一首词：红藕香残玉簟秋。轻解罗裳，独上兰舟。云中谁寄锦书来，雁字回时，月满西楼。花自飘零水自流。一种相思，两处闲愁。此情无计可消除，才下眉头，却上心头。

昨夜我正是因为往手帕上绣这首词，才熬到五更上床。

待到中场休息的时候，我使了点儿碎银子，唤得一个小厮，托他把手帕转交给那白衣男子。然后我便谎称头痛，撇下媚娘一个人匆匆回家。

赵明诚是那种外表平静、内心汹涌的人，也就是世人常说的闷骚型。骨子里叛逆的他受不了学校里刻板的教条、书本上枯燥的知识和那照本宣科的老师，于是他常常给校医使银子请病假，然后远远逃到东郊来踢球。赵明诚从小到大接触的女子大都是行不回头，语不掀唇，坐不动膝，立不摇裙，喜不大笑，怒不高声，躺床上不翻身之类的所谓的名门闺秀。虽然齐云社的啦啦队里也不乏姿色超群的女子，可那些姑娘张口“你 × 的”，闭口“滚你丫 × 的”很让人受不了。因而眼看着他就要满十八岁了，还没有把初恋献出去。所以球到他脚下时，他故意多玩了一会儿，让球贴着自己的身子滚上滚下，渴望自己的高超技艺能博得看台上某个姑娘的芳心。这是很受人同情的，尤其是在与他一起踢球的那些市井之徒聊天的时候。那些人自幼生活在妓女、酒徒、赌徒之间，他们认为汴梁城中过了十八岁还是处男的人不是脑子有病就是身子有病。

写到这里，我拿给夏沫看，她认为我糟蹋了她买的那些刺激我想象力的材料，因为照我安排的情节看，赵明诚即将结识李清照，然后两人 见钟情，和和美美地生活到了一起。怎么可以这样直接呢？爱情因为有波折才显得浪漫且珍贵。所以，接下来，赵明诚很有必要先和媚娘在一起。也就是说，赵明诚接到手帕，脑海中应立刻联想到看台上那个一看到自己进球就乐不可支、手舞足蹈、尖叫连连、口哨不断的姑娘，那姑娘正是媚娘。媚娘生得确实妩媚，可谓是一顾倾人城，再顾倾人国，倾城复倾国，佳人再难得。

而李清照因为蒙着面纱，让赵明诚误以为她脸上有青春痘，进球时她紧闭嘴巴不发一语，让赵明诚以为她牙长得不整齐正戴着牙套修整着呢。相对来说，任何健康向上的男人都更愿意把目光锁定在大呼小叫的媚娘身上，那小蹄子一身的鲜活劲儿，一点儿也不像个知书达理的太师千金，倒更像个蛮族的牧羊女。

媚娘最大的愿望就是组建一支属于自己的女子球社。人选嘛，家里的丫鬟够用了；银子嘛，她有老爹的小金库的钥匙，差的就是教练。她希望这教练是个年轻男子，人见人爱、花见花开的那种类型，那样丫鬟们才会心甘情愿、服服帖帖、一丝不苟地练球。而赵明诚无疑是最佳人选。所以李清照谎称头痛临阵逃脱了，媚娘却坚持了下来。一直等到观众和球员都作鸟兽散各回各家、各找各妈；一直等到清洁工打扫完场地上的瓜果皮屑，终于等到把手帕忘在更衣室，喝完酒才想起来，然后屁颠屁颠地回来取的赵明诚。看着空荡荡的球场上孤零零地站着一位貌美如花的姑娘，赵明诚（以下简称小明）发春了。

小明:“姑娘为什么看完球赛还不回去?是不是看球时太激动,手舞足蹈的一不小心弄破了裙子,想等到天黑之后街上无人了再回去?”

媚娘:“我在等你。”

小明:“等我? Oh,My God!居然有姑娘说她在等我!这话真该让我的社友们听到。对了,送手帕的那个人是你吗?”

媚娘:“你说呢?”

小明:“你太有才了!”

媚娘:“地球人都知道。”

小明:“你在这里等我,不是为了让我夸你吧?”

媚娘:“我组建了一支女子足球队,想请你做教练。”

小明:“女子足球队?手无缚鸡之力的姑娘能踢球?”

媚娘:“姑娘还能从军打仗呢。这年头,只有想不到的,没有做不到的。”

小明:“你只是打算让我做教练?没有别的想法?”

媚娘:“你说呢?”

小明:“我想和你去看海。”

媚娘:“等你把我的球队搞好了,去哪儿我都陪着你!”

小明:“我要记住这个日子,在这一天,伟大的小明同学告别了单身生涯。”

媚娘:“这个好记,今天是1111年11月11日。”

作为礼部员外郎的女儿,没有人请是无法私自外出的,所以我感谢媚娘。她就像天堂里的天使,带我逃脱独居绣楼烦闷无聊的深闺生活。然而，我对她的所有感谢，都随着她拿起丝帕给赵明诚擦汗的手而烟消云散了。

蔡府的后院很大，大到可以踢足球。赵明诚每日就在这里名正言顺地教丫鬟们踢球。因为蔡太师是一人之下万人之上的官，能为蔡太师效力是多少人求之不得的；能受太师千金的赏识是多少人梦寐以求的。我真不愿意相信，我喜欢的男人竟然是这样一个摧眉折腰事奉权贵之徒。看着他将娇小玲珑的媚娘托在手上，轻轻抛到半空，再柔柔地接住，一脸幸福视我如无物的样子，我真想冲过去抽他几耳光。请我来时，媚娘只说是看球，早知教练是赵明诚，早知要目睹自己喜欢的男人抱着别的女人，我宁愿闷死闺房，也不来受这窝囊气。

我不知我是如何回到家中的，醒来时丫鬟说我已经昏迷多日。人在痛苦的时候，写的文字最能发人深思。我拼命地写词，拼命地往手帕上绣词，直到双手拿不起笔、捏不住针。

正所谓有所失必有所得。文学女青年李清照没能征服足球小子赵明诚，却征服了整个大宋。尤其是汴梁城里的文学青年，几乎是人手一帕，那手帕上不一定是李清照亲手刺的字，可那词的原创作者必然是李清照。成名后的李清照也不叫李清照了，改叫易安居士。李清照的成名除带动了大宋朝纺织业的兴盛，推动了手工刺绣的发展，让数万名下岗女工找到了新的工作岗位之外，也造成了许多不良影响。比如，学生纷纷退学写词，妄想一夜成名。没有退学的那些学生也赶紧由理科转了文科，直接导致科学界后继无人，指南针、火药等源自我国的发明只好委曲求全在外国发展。有坚持学理科的同学也因为受广告的误导，吃了不法商人制造的据说是李清照常吃的可以醒神健脑的 ×× 丸，从而导致上吐下泻、身体虚弱甚至是中风和偏瘫。有个别白细胞多的同学挺过了这一劫，硬撑着研究出了一些成果，却又因为世人对此不屑一顾，最终还是精神分裂了。

与此同时，赵明诚知道了送他手帕的那人并不是媚娘，心中暗自不爽。赵挺之因为一些政治问题得罪了蔡京，蹴鞠界又有新秀诞生。总之，最后赵挺之被罢官赐死，媚娘聘请了新教练辞掉了赵明诚。赵家家道中落，赵明诚一下子由资产阶级变成了无产阶级。

李清照病愈之后，窗外已是银装素裹的冬天了。成名后的她可以不受家规的约束自由出入了。她来到初见赵明诚的地方，原来的蹴鞠场上建起了一座纺织厂，专门生产易安牌手帕。据说已经远销东南亚各国，因其做工精美、价格低廉，很受广大人民群众的喜爱。这物非人非的情景让李清照百感交集，正酝酿情绪打算再来一首流芳百世的佳作时，忽然看见下班的纺织工队伍里有一张熟悉的面孔，那人正是赵明诚。

次年春，李格非因为招了赵明诚做上门女婿让蔡京很是不满，最终也被罢官，再后来，李清照举家迁往青州。

CHAPTER 09

乱离人

①

据说晋国的军队已经占领了我们燕国三分之一的城池，若不是近日暴雪连连，我此刻恐怕已是晋兵刀下的亡魂了。米缸已经见了底，再省吃俭用也抵不住飞涨的物价。不但米价上涨，连照明的煤油和蜡烛、生火取暖用的干柴也都涨得离谱。原先带五十文钱就可以乘马车去赶趟庙会，一天下来付了车费、买了日用品，再把肚皮吃得滚圆还能有些剩余。如今莫说买东西了，连车费都付不起。在这个混乱的年代，几乎每天都有人割地称王，每天都有人战败投降。

中午的时候，雪下得不那么急了，我坐在床上发呆。其实我是想到院子里堆个雪人的，但是运动会消耗体力，补充体力需要粮食，我没有粮食了，所以我只能坐在床上发呆。这时候王兖来找我借米，他告诉我，他已经两天没有吃饭了，他觉得自己靠喝凉水还能支撑几天。可是他那只有七岁的妹妹已经饿得连睁开眼皮的力气都没有了。我没有说话，把他带到米缸旁边，掀开缸盖让他看。

王兖是我的好朋友，在和平年代，我每天都和他在一起，他的父母也把我当作自己的孩子一样看待。我在他家吃过香喷喷的米饭，啃过油炸的鸡腿，如今这些仿佛是上辈子的事情了。他的父母已经死了，本来只是感冒而已，只是因为药价涨得太厉害，两位老人把买药的钱买了米，最后感冒引发心肌炎，不治而亡。

没有米借给王兖，让我感到很愧疚。我告诉他我也好几天没有吃饭了，他说没关系，他再到别人家看看。我从王兖身上闻到了死亡的味道。临走的时候，他说，如果他妹妹死了，他就去参军。

我也想过去参军的，虽然我自幼沉迷于诗书，没有和人打过架，更别提杀人了。可是当兵不仅可以吃饱饭，还有军饷。问题是，我住的地方离城甚远，现在雪已经厚过三尺了，莫说到战场，就是走到征兵的地方也很困难。而且听说因为下雪的缘故，已经停战了。双方正在谈判。

在家里，没有米，偶尔还可以捉到飞鸟填饱肚子。到了城市里，人情淡薄，饿死街头也不是没有可能的。“假如过阵子雪完全停了，融化了，”我想，“参军是我和王兖唯一的出路了。”

又过了一阵子，村子里开始有人卖人肉，先是六十文一斤，后来涨到二百文。我没有去买，我在家里捉老鼠吃。据说村子里已经没剩多少能动弹的人了，但我每天还是把门关得死死的。饥饿可以使人疯狂，我不去吃别人，也不想被别人吃了。

②

雪终于还是在我饿死之前停了，然后开始融化。这时候仍旧活着的人已经不足原来人口的十分之一了。活着的人开始到田间地头挖草根、刮树皮。走在泥泞的街道上，遇见相熟的人，对方会很有礼貌地向你点头问好。我们燕国虽然紧挨着沙漠，但毕竟不是匈奴人，人与人之间还是很讲礼仪的。如果再过几个月，我们的生活有所改善，那么一定不会有人承认我们曾经用打量油炸鸡腿的眼神打量过自己的朋友和亲人。

我自然先是去了王兖家。自从灾祸上升到人相食的地步，我们就再没见过面。他家的门虚掩着，我像往常一样没打招呼就推门而入。家里只有他妹妹一个人，王兖出去觅食了。于是我就坐在王兖平时坐的板凳上等他。王兖的妹妹缩在床头，我进门时她睁开眼动了动嘴角，似乎是想给我一个友好的微笑，但终究还是没能笑出来。我坐下后，她轻声说了句"哥哥出去找吃的了"，然后就又闭上了眼睛。

过了大概一炷香的时间，王兖回来了，左手提了一捆半干的树枝，右手拿了一包野菜，身上斑斑点点的有不少已经干了的血迹。月余不见，他已经骨瘦如柴。我虽然也像他一样每天都饿着肚子，却没有瘦到他这种程度。我问他身上为何有血迹，他轻轻提了提裤子，我看到他的小腿肚上被挖掉了鸡蛋大小的一块肉。不等我问，他就放下树枝和野菜，把我拉到门口。他说这块肉换回了妹妹的命，他觉得很值。然后他问我要不要和他一起去参军。

这时候，已经有难民逃到我们村了。隐隐约约可以听到远处有攻城厮杀的声音。通往城市的道路已经可以走马车了。我回家收拾东西，打算和王兖一起到军营里碰碰运气。王兖在为他妹妹的事情发愁，带她去打仗是不行的，留她一个人在家或者托付给别人看管都无法让王兖放心。这是个疯狂的年代，谁都不可靠。

等我收拾好东西赶到王兖家的时候，他家里已经聚集了一群年轻人。他们肩上扛着包裹，手里拿着大刀、木棒以及仿佛是自己制作的奇形怪状的兵器。王兖说：“如果一个人去投军，一定不会受到重视。我们不如先组成一支队伍，然后再去投靠国家的正规军队。”他的主意我很赞同，我看到他妹妹也收拾好了东西，穿着紧身的衣服。我想：“王兖现在一定是这支队伍的老大了，否则他带着妹妹去战斗，一定会遭到反对的。因为别人都没有带家眷。”

王兖给了我一柄和他手中的长剑一模一样的剑。整个队伍中只有我们两个用剑，剑是兵器之首。王兖让我也用剑，显然是打算让我和他共同领导这支队伍。这让我感到既振奋又惶恐。

我们出了村子，先是去了一个山庄，那山庄的庄主很有钱且很豪爽。庄内壮丁极多，如果我们去抢，估计不会有什么好下场。于是我们就去借粮借钱。说是借，其实并不打算还。

庄主说：“如今兵荒马乱，又是灾年，实在是没有多余的钱粮借与你们。如果你们不嫌弃，可以把后院的马、驴以及骆驼拉一些出去当作坐骑。”我们欣然接受了庄主的好意，在庄上吃了一顿饭，就骑着马离开了，没有分到马的就骑驴或骆驼。虽然坐骑复杂、兵器古怪、装束土鳖，但无论如何，我们还是在不损一兵一卒的前提下从步兵升级成了骑兵。这真是一个美好的开始。

我们走在通往城市的道路上，沿途遇到不少已经被饥饿、寒冷折磨死的或正在被饥饿、寒冷折磨着的人。这时候如果一个青年想告别单身生活，只需要一个馒头或一件大衣，就会有姑娘跟你走；

如果是在太平盛世，没有马、没有房、没有存款，姑娘看都不会多看你一眼。这些已经倒在雪地里或正在蹒跚而行的人，有的来自农村，有的来自城市，但都是穷人。农村的穷人觉得到了城市里会受到官府或有钱人的接济；城市的穷人已经对官府和有钱人的善心绝望了，他们打算到乡下，和乡下的人到大自然里觅食。其实，他们之中大多数人都是死在了路上。这样其实更好，因为目的地并非是他们想象的天堂，到达了，也是死。

看到这样凄惨悲凉的场景，我们感到精神沮丧、前途渺茫。虽然我们已经是骑兵了，可是我们没有粮草，我们和我们的坐骑的肚子都空着呢。我想："那个老庄主其实是不舍得将那些驴、马、骆驼杀死，但是又没有草料喂它们，所以才送给了我们。这样想来，他其实并不大方。他应该在送我们坐骑的同时送一些草料给我们。"我把我的想法告诉王兖，他说我的想法很土匪。

走了大约十里路，我们的坐骑都停了下来，有的干脆一屁股坐到地上，也不嫌积雪冰凉。王兖说："它们大概和我们一样饿。我们饿了可以吃它们，它们饿了只能饿着，它们真可怜。"王兖让我带几个人去找一些干柴，打算生火杀驴。

我们找到了几棵树，捡了一些被积雪压断的树枝。我们杀的是王兖的妹妹骑的那头驴，因为王兖的妹妹身体轻，可以和我共用一匹坐骑。杀驴的时候，马和骆驼都用愤怒的眼神望着持刀的人。它们可能想不明白，人类为什么这么残忍，吃饱了就骑它们，饿了就杀它们。而没被选中的驴呢，干脆把头埋进雪里，它们可能已经意识到，过不了多久它们就会有和眼前的驴一样的命运了。真是驴生在世，身不由己。如果我是一头驴，这时候一定会祈祷，让上帝把骑我的人的身体变胖，胖到不能和任何人共同骑我。

③

吃饱后，我们开始想去哪里可以搞到一些草料，让我们的坐骑站起来。这时候，从城市的方向走过来一队散兵游勇。他们穿着晋国士兵的衣服。难道战斗这么快就蔓延到我们这里了？我们赶紧站起来握紧了手中的兵器。王兖站在我身边，轻声问我害怕吗，我说有一点儿。他说：“怕什么，你不是一个人在战斗。”

这些散兵游勇在离我们一丈远的地方停了下来，望着我们烤好的驴肉发呆。王兖问他们是什么人，他们说他们是燕国的士兵，伪装成晋国士兵的样子，打算到晋营里打探军情。然后他们问我们是做什么的。王兖说：“我们是燕国的子民，打算去参军，帮助燕王抵御晋国的侵犯。”他们说：“那咱们是自己人了，可以把你们的驴肉分给我们一些吗？我们已经两天没吃东西了。”王兖回头看着我，似乎是想让我对这件事情发表一下看法。于是我就问他们为什么会连食物都没有，难道国家不发军饷和粮食吗？

他们说国家现在已经羸弱不堪了，上至三公九卿下至普通士兵，都有半年没领到军饷了，吃的东西都是自己找的，所以打起仗来才会连连败退，一天能失三座城池。燕王已经打算割地称臣了，但是晋国不受降。

他们的话像一盆冷水，浇冷了我们的爱国之心。王兖把驴肉送给了他们，然后问我打算怎么办。我说：“既然这样，不如我们自己组建个军队，攻陷几座城池然后自立为王，现在大家都在这样做。”王兖说：“我们这样是对燕王不忠啊！”我说：“燕王的天下不也是从别人手里夺的？”王兖说：“好吧，那就听你的。”

其实我知道王兖早就打算自立为王了，之所以让我说出那些话，是不想让别人说他野心大。那些本来要去打探晋军军情的人听到我们的谈话后，决定加入到我们的队伍中来。用他们自己的话说就是“跟着你们走，有肉吃”。

这时候我们已经是个近百人的队伍了。为了统一装束，战斗的时候容易辨认出敌我，我们把衣服撕下一缕，绑在左臂上。我们的军队就叫兖军。那时候王兖还不打算称王，但是因为他姓王，我们大家就尊称他为王爷。而我，扮演着军师的角色。因为我姓杨，大家都叫我杨公。其实我不喜欢他们这样叫我，杨公似乎是个很老的称呼。我还是喜欢他们叫我的本名——杨宁。

我们最后决定放弃那些坐骑，依然做步兵。城市已经近在眼前，我们决定先占领了这座城池再做打算。这座城名叫澈都，盛产美酒佳酿。我小时候经常一个人跑到城市里看那些卖艺的人表演武术，我没有钱给他们，表演到精彩部分的时候我只能拼命地鼓掌。可惜我那时候巴掌太小，拍不出多大声响。那时候城里熙熙攘攘，高楼林立。我有时贪玩到深夜，害怕走夜路，就住到开杂货铺的表叔家。第二天一早，表叔会亲自把我送回家。自从战争开始，我就没见过我那慈祥的表叔。我想进城后，要先拜会一下他老人家。

远远地就看见城门敞开着，原以为战争时期城门口会有士兵盘查过往行人的，没想到从城门口走到将军府也没看到一个士兵。除了一些面无血色的百姓，基本上可以说澈都已是一座空城。我想："上天对我们真是够体贴照顾的。"在空荡荡的将军府里驻扎下来以后，王兖就派人四处搜集粮草。一路上他一直在为丢掉那些坐骑而惋惜，他打算攻陷澈都就给那些坐骑送草料去。可是我想那些坐骑此刻肯定已经被那些饥饿的百姓烤了。

又到了夜里，我一个人拎着酒葫芦溜达到城墙上，看着天上的繁星和远处的灯火，感慨万千。原以为行军中会有一些新鲜刺激的事情发生，没想到是这么枯燥无味。而且到现在连个敌人也没遇到。表叔一家也因为战乱的缘故，不知道搬迁到何处去了。听留在城里的一些老弱残民说，我们来之前，有一伙土匪攻陷了澈都，将城中洗劫一空，守城的将军被杀，将军的眷属也都被土匪劫到山上做妾做奴了。燕王派的新任守城将军还在路上。

④

我没有住在将军府，而是住在以前我很仰慕的一位诗人的家里。战争搞得十室九空，然而若不是战争，我此生恐怕也很难有机会住进澈都甚至是整个燕国最风流潇洒的诗人家中。诗人为避战乱已经去了吴越，家中只留了一个老奴看门。土匪虽然猖獗，毕竟不识字，所以并没有对诗人家造成多大的损失。诗人家里有很多珍贵的字画和香浓的美酒。看门的老奴见我略识文墨，待我如上宾。我住在诗人原先住的房间里，白天翻阅一下诗人的收藏，晚上就装一葫芦美酒四处闲逛。

在回诗人家的路上，我被一阵幽怨的笛声吸引，到了一户精致的房舍前。驻足片刻，却听不到院内有任何动静，只有远处一阵阵的虫鸣。我想刚才一定是幻觉，我总是会在夜深人静的时候产生幻觉。我会想起一些历史上的事情：孔雀东南飞、当垆卖酒、红拂夜奔。而我呢，从小到大，一直是和王兖一起玩，唯一接触过的女性，就是王兖的妹妹和母亲，不是太小就是太老。每每想到此处，我就感到惆怅。

我醒来的时候，发现自己躺在一张粉红色的床上，枕头、被子、床单都是粉红色的。毋庸置疑，这一定是张女人的床。我连忙翻身而起，身上的衣服还在，酒味很浓。我推开房门走到院子里，看到一个少女的背影，她在晾衣服。我咳嗽了一声，她回过头来，莞尔一笑，说道："昨夜听到墙外有动静，穿衣起来，出门就看到你倒在地上，一身酒味。看你的装束，想必是兖军，本来想送你回军营，怎奈你身子太重，走路不稳，勉强把你扶到屋里，你沾床便睡着了。"

这姑娘容貌清丽、身材轻盈，我看得有些发呆。直到她羞红了脸颊转过身去，我才察觉到自己的失态。正要解释，突然听到外面有人呼唤我的名字，语调急切，听声音仿佛是王兖的贴身护卫。占领将军府后，王兖就以澈都的城主自居，每次出去都有数十个随从。

我想王兖一定是有急事，否则不会这么早就找我，就向那姑娘道了声谢，匆忙离去。

见到王兖，他已高坐在议事堂，两侧坐着王兖任命的几个小统领。王兖示意我坐他旁边，然后说："新任的守城将军已离澈都不足十里之遥，他来之后我们是迎还是打呢？"

我说："燕王此刻忙于应对晋兵的侵犯，后方守备空虚，我们何不趁机杀了这新来的将军，夺了他的粮草，再去攻陷几座城池，便可自立为王独霸一方了。"

王兖说："好，就照杨公说的办。"

王兖总喜欢让我替他说出他心里的想法。其实我的想法是帮燕王退了晋兵，然后我们还回乡下种田。可是我若说出自己的想法，王兖以后就再也不会征求我的意见了。我只是个代言人而已。

新任的守城将军只带了数十个随从，可见燕王手上已无闲兵。王兖不费一兵一卒就收服了那所谓的将军，而且得了可让兖军度过月余的粮草。王兖从此声名远扬，陆续有散兵游勇和灾民加入到我们的队伍中来。

队伍壮大后，王兖关心的是自己的王袍该设计成什么款式；王兖的妹妹关心的是什么时候可以吃到士兵献上的新鲜的甜橙；我关心的是那个在我醉酒之夜照料我的姑娘。醉酒之夜后，约莫过了一个月，我才抽出时间去探望她。

已经是傍晚了，去之前我先到军需处拿了一只鸡和一袋米，算作答谢的礼物。盛世送玫瑰，乱世送鸡腿。然而我拎着鸡和米，走了半天，怎么也找不到那姑娘住哪里了。上次是深夜，加上喝醉了酒，遇到那姑娘纯属巧合。次日醒来，走得匆忙，忘了问那姑娘的姓名，也没记她住的是哪条街。

我站在街中央，拦住一个路人，向他形容了一下那姑娘的模样，问他是否见过。路人说："如今哪里还有这么漂亮的姑娘，才几个月而已，先是晋兵，而后是土匪，再之后是兖军。澉都有多少漂亮姑娘，也要被他们糟蹋尽了。"

路人说话的时候带着愤慨的表情，我一直盯着他的眼睛，我希望他眼睛里能显现出一丝狡黠的目光。然而我失望了，他不是在撒谎。

回到诗人家里，我温了壶酒，对月独酌。喝得有些头晕的时候，我出了门，先是到城墙上溜达了一圈，然后往回走。我想："有些东西，清醒的时候记不得，无意识的状态下，也许可以寻觅到。"然而我走来走去，怎么也听不到那幽怨的笛声。我看到一户人家的门开着，屋里没有灯光，我想这家人不是死光了就是远走异乡了。这家人的院落很小，屋子里很黑，我摸到像是床的东西，就躺上去睡着了。

醒来的时候，天已经大亮，光线很刺眼。我坐起身来才发现，我躺在一口棺材上睡了一夜。也不知这棺材里是否装了人。晋燕两国开始打仗的时候，有许多人害怕死后尸体无人管，就提前给自己准备了棺材。然而他们入了棺，却没能入土。

虽然发现自己是坐在棺材上，我并没有立刻跳下去。这些日子见多了血腥的场面，让我的胆量大了许多。我环顾四周，发现屋子里有许多奇形怪状的家具，比如老虎形的凳子、大象形的桌子。我从棺材上跳下来，去摸那些桌子和凳子，手感很好，也很结实，坐上去也不会摇晃。桌子上的平面可以放茶杯和盘子，桌子上有用木头做的翘起的大象尾巴，很可爱，可以挂茶壶或者手帕。等我回过头来，发现棺材下面还装了轮子，棺材上面有人字形的凹槽，不是很深，难怪我昨天晚上睡得那么香，没有做梦也没有被尿憋醒，一觉睡到天亮。设计这些东西的人真是好玩。

我又到别的房间看了看，发现那些房间里都是空的，什么也没有。我只好又回到放棺材的那个房间里，我掀开那口棺材，发现里面并没有人。我想："这里可能遭过贼。如今也不能说是贼了，这都是些没有主人的东西了，谁拿走了也不会有人管的。"

我离开这户人家，打算叫几个人，把屋子里的桌子、凳子搬到诗人家里，再送几把椅子给王兖。刚到街上，就看到几个巡逻的兖军，他们本来有说有笑的，看到我，马上严肃起来，站直了身体齐声说："杨公好。"

我笑了笑说："你们不要太紧张，过来帮我搬点儿东西。"

这些东西，都是贼拿剩下的。那些兖军也觉得没必要搬这些东西回去，住的地方不缺桌椅。但是不知道为什么，我却对这些东西很着迷。那时候还没有艺术品这个词语，世人收藏欣赏的，也都是一些诗词字画。雕刻的魅力，无人触及。

我想让他们把棺材也搬到将军府去，王兖的妹妹睡觉总是要掉到床底下，我想把这口棺材送给她。有了这口棺材，她无论躺里面还是躺在有凹槽的棺材盖上，都会觉得很舒服。

可是当我让人把棺材搬到将军府的时候，王兖却愤怒了，说我诅咒他妹妹。天地良心，他妹妹是我看着长大的，我能诅咒她吗？但王兖不信我的话，让人把那口棺材砸了烧火。棺材被砸烂后，里面掉出一本书。

书上没有字，每页都画满了奇形怪状的图，和那些家具类似。每个大图由数十个小图组成，书的尾页上印了一个“苏”字。我没有和王兖再争执，把书揣怀里，就离开了将军府。王兖也没叫我，他还在为我送棺材的事耿耿于怀。

⑤

我没有回诗人家里，而是又去了昨晚睡觉的地方，我希望能有一些新的发现。我有预感，那户人家里应该还藏有别的东西——珍贵的东西。当然，这些东西在有的人眼里可能毫无价值，连半个烧饼都不如。

我已经大半天都没吃东西了，可是我一点儿也不觉得饿，好奇心让我浑身充满了力量。我找了把铁锹，把那户人家院子里的土翻了一遍，但是并没有什么发现。我冲进屋子里，去敲地上铺的砖和墙上的砖，我希望有块砖头是松动的，下面是空的。我相信砖头下面一定藏着我想要的东西，虽然我并不清楚我想要什么。我一直折腾到天黑，终于有些累了。没找到我想要的，也没找到我不想要的，即什么也没找到。这户人家的主人真抠门儿，一点儿惊喜都不肯给我。

我拖着疲惫的身子回到诗人家里，到厨房里随便扒了几口剩饭，就躺床上睡了。其实我想洗个澡的，可实在是太困了，闭上眼就睡着了。那本画满了图的书被我压在枕头下面，我打算醒来后好好研究研究，看能否从那里面发现点儿什么。

那书是用上好的绵纸制成的，闻起来有一股子山梨的味道。山梨酸可以防腐抗菌，平时只有皇室才有山梨酸，由此看来这书的主人并非山野百姓。可是那口棺材是劣质的木材做的，很轻易地就可以被蛀空砸碎。

王兖休整好了队伍，打算去攻打附近的城池。澉都需要留守一些人马，我刚好对那画满图的书和书的主人产生了兴趣，就申请和王兖的妹妹一起留守。王兖答应了。

我找了一个和我同村的人帮我打理将军府内的事务，找了一个以前在澉都做过守备的人帮我处理军务上的事，若王兖那边有什么变化，比如需要支援士兵或粮草了，他可以不必向我申请，直接差人去办。这样一来我基本上就没事可做了，可以静心去调查那本书。

我问过住在放棺材的那户人家周围的百姓，他们说那户人家的主人是个木匠，但是过了四十岁以后，他就不再为别人做家具了，而是整天待在家里画一些奇怪的图，把好好的木材雕刻得奇形怪状的。由于他醉心于自己的爱好，不管家里的琐事，很快就惹怒了他的妻子。后来他的妻子跟别人跑了，留下他和他的孩子，再后来他的孩子病死了，但是他好像一点儿也不为这些事难过，他好像一点儿也不在乎周围的人和事。他每天都关着门不和人来往，只在夜深人静的时候才出来买东西吃，没钱的时候就拿家里的东西和人交换。倒是有几个人欣赏他做的那些东西，愿意花钱买，但是他只在没有钱的时候才卖一两件。总之，他是个蛮奇怪的人。晋国和燕国开始打仗后，他就离开了家，听人说是向北走了，具体去哪里了却不知道。有人去他家看过，见家里只剩下几件奇怪的家具和一口棺材。因为传言他是受了巫师的诅咒，所以他走后没人敢碰他的东西。

燕国再往北走就是匈奴的地盘了，想不出来这个奇怪的木匠去那么偏远的地方做什么。难道他原本是匈奴人，或者是去那里寻找某种他想要的东西或者生活？想了半天，毫无头绪。我决定还是先研究这本书。书上画的大概是设计图。不能不佩服画图的人太有创意了。可是单靠这些图，若没有合适的工具，也很难把木头雕刻成赏心悦目的工艺品。

在我痴迷于雕刻的魅力的时候，晋兵以多于我们十倍的兵力攻陷了澈都。我从北门逃出，随身只带了那本关于雕刻的书。在逃亡的路上我听说王兖的部队去了西方，而我却想北上。如果不是带着王兖的妹妹，我是不愿意再涉足战场了。

王兖见到我们之后，没有询问澈都失守的细节，只是问我是否还带着那本书。那天从棺材里掉出书的时候他因为气愤我送棺材，忽略了书的存在。等到他离开澈都，南征北讨，听到了不少关于天命所归的传说，尤其是最近，很多人都在说，澈都有两个奇人，一个擅画奇图，一个擅制兵器，若能得此二人，便可坐拥天下。

他正要派人传消息给我，让我寻此二人下落，结果澈都就失守了，落入了晋人的手里。而且据说晋王之所以发兵伐燕，就是为了这二人。在来之前，晋王派来不少美女来做间谍，可惜都没能将那二人带回国内，不得已，才动了兵戈。

王兖说到美女间谍的时候，我突然想到了那天夜里从诗人家里出来之后我的遭遇。我本来是遇到一个美女的，后来不知道发生了什么事情，醒来的时候我浑身酒味，躺在女人的床上。告辞之后，便再也找不到那姑娘了。现在想来，也许那姑娘就是间谍，以我的酒力，轻易不会醉倒，即便醉倒神志也是清醒的。可那晚发生了什么，我一无所知。必然是有人给我下了药，我当时不察，也是因为身处女人房中，尴尬之中自动略掉了前夜之事。

可是她为什么要对付我呢？我冥思苦想，始终没有答案。紧接着有敌兵来袭，我也只好暂时搁置这事，一心想对敌之策。

当时王兖带的部队，之所以能所向披靡，靠的是我们家乡那些人自制的奇形怪状的兵器。别看那些兵器貌不惊人，却十分好用，而且敌人基本上都没见过那些兵器，完全不知道如何防御，愣神儿之际已经丢了性命。所以我想退敌之策，重在兵器，如果能再改良一下我们手中的兵器，那所得的城池一定会更多。

这样想着，我又翻开了那书。这一次那些奇怪的图案，我越看越觉得可以组装成一种兵器，可是如何组装，始终难以明了。

正在惆怅之际，身后突然传来了一股香味，我心中大叫不好，想掩住鼻息，却已经来不及了。这一次因为发现得早，虽然中了毒，浑身不能动弹，神志却还不曾迷糊。

只见那天夜里遇到的那个美貌女子，一身戎装，迷倒我之后，就拿起了我正在看的书，越看越欢喜。

自书被偷之日算起，约有半个月光景，晋国突然拥有了一件杀伤力巨大的武器，燕国的土地尽被占据，王兖和我也屡次兵败，手上人马越来越少，不得已，只得降之。进了晋营我才知道，那个两次迷倒我的女子，竟是晋国公主。那天晚上她本是要去诗人家里偷书的，不想遇到了我。她得到诗人的书之后，本来是要继续寻找木匠的书，这两本书一本是讲解如何操作武器的，另一本写的都是武器零部件的制作方法，两本书合在一起，才能制作出万夫莫敌的武器。

可惜我见到她之后，到处寻访她的下落，搞得她无处藏身，只好返回晋国，带兵来取了澈都。结果搜遍全城，却怎么也找不到木匠那本书的下落。之后她从燕国降兵那里打听到是我得了那书。再后来便发生了她来夺书，之后大败燕军，占尽燕国之地之事。

了解了事情的经过之后，我心里不是没有悔意的，如果我仔细地在诗人家里翻找，就能并得诗人和木匠的书，那样的话，就是晋降服于我，而不是我们降服于晋了。这样想来，竟是我误了王兖的帝王之志。

四年后，晋灭燕、灭梁、灭唐、灭楚、灭吴越、灭西蜀等十六国，称霸天下。我和王兖屈身晋营，王兖郁郁而终。我虽然也活得很不得志，可是一想到曾经快要饿死的经历，又觉得这些屈辱都算不了什么。正所谓宁为太平犬，不做乱离人，天下统一了，也就离太平盛世不远了。若我沉迷于个人功名，必然要搞得天下再乱一场。该收心时收心，对人对己都是好的。

CHAPTER 10

我不能悲伤地坐在你身旁

秦始皇死后，刺客成了最倒霉的行业。古时候的刺客都很专业，除了行刺之外别的什么都不干。不单是刺客，就是街上卖肉的也一样，卖猪蹄的绝对不卖鸭脖。不像现在，无论是干哪一行的都要搞个副业或者兼职，唱歌的同时人家还拍电影，拍完电影有空了人家还写书。正所谓艺多不压身，很多家长在孩子没出生的时候就开始培养孩子的音乐细胞、文学细胞、美术细胞，生怕孩子长大了找不到工作，或者好不容易找到一份工作却遇到金融危机然后又得找工作。搞得孩子在娘胎里就睡不好觉，生出来就有黑眼圈，还不会说话就会失眠了，不会走路就开始厌世了。

秦始皇活着的时候，刺客这行是所有行业中最赚钱、最刺激、最拉风的。很多少年的理想都是做一名刺客，十步杀一人，千里不留行。很多青年为了实现少年时期的理想，想尽一切办法去行刺秦始皇，虽然大都丢了脑袋，但丝毫不影响群众的热情。

秦始皇一死，少年们的理想瞬间破灭，青年们的任务顿时结束。整个社会空前颓废，眼看就要沦为垮掉的一代，昨天还在痛饮狂歌的少年，今天就开始顾影自怜、望剑兴叹了。失去目标和理想的他们整日无所事事，沉浸在“子欲养而亲不待”的悲痛里无法自拔。

显然，要从根本上解决这个社会问题，只要解决了刺客们下岗再就业的问题就可以了。于是为了造福社会、造福人民，也为了打发无聊时光，我就和朋友合伙贷款办了所职业学校。

学校成立后，各大媒体都做了跟踪报道，社会反映良好，除了找不到工作的刺客，还有很多达官贵人家的公子来校学习。其中以沛郡人刘邦和宿迁人项羽最具有代表性。俩人虽然都来自江苏省，身份却有天壤之别。

刘邦是个农民，家里穷，交不起学费，要不是他愿意打扫校园、食堂、操场、教室、寝室和厕所，我们都不会收留他。而项羽是原楚国名将项燕之孙，家财万贯，富可敌国，刚入学就给所有老师和学生各送了一个尿盆。

那时候只有大户人家才用尿盆，那些乡下来的学生，根本没见过尿盆，也不知道是做什么用的。结果有的拿尿盆做了花盆，有的拿尿盆做了帽子，也有的放在房间里当艺术品。

刘邦是最有创意的，因为他吃得多，学校的碗小，所以一顿得吃好几碗。有了项羽送的尿盆后，他就用尿盆装饭，一盆就能吃饱，不用不停地去打饭了。

开学半年后，学校里的学生逐渐按肤色分为黑白两道，黑道大都是农民；白道大都是贵族子弟。黑道的人大都住在学生集体宿舍里；白道的人大都住在别墅或者公寓里。集体宿舍里冬凉夏暖，一个房间住八个人；公寓楼里冬暖夏凉，一个房间住两个人。集体宿舍里只有一个洗澡间，洗澡间的水限量使用，一盆水常常要洗三个人；公寓楼里每个房间都设有洗澡间，洗澡间里还设有蒸房、冰房以及专门从泰国请来的按摩师和从高丽国请来的美容化妆师。集体宿舍里禁止用电热器具，禁止私自拉电线或安装电器设备，禁止抽烟，禁止生火煮食；在公寓里想干吗干吗，凡是集体宿舍禁止的，公寓都允许甚至是提倡。黑道的人平时喜欢打麻将、议论女人，白道的人喜欢看报纸、议论国事。由于生活习惯和爱好不同，两道的人很少来往。

刘邦出身是农民，皮肤最黑，所以被推选为黑道老大；项羽出身是贵族，皮肤最白，所以被推选为白道老大。两个人都有几千名手下。刘邦爱排场，进出学校都有几十个随从；项羽喜欢独处，若白道没什么事的话他总是独来独往。

秦朝的法制很严格，建帮立会都要向政府申请，未经政府批准，擅自拉帮结派的，要被判无期徒刑，送去修长城。因为黑道的人大都是农民，经常干活儿，容易出汗，所以刘邦给自己的帮派取名为汗帮；项羽是楚国的贵族，于是自己的帮派就叫楚帮。

有了名字后，刘邦和项羽就向政府领取表格，申请执照。不同的是，刘邦只买了一张表格，项羽花钱买了两张。项羽填了一个楚帮的申请表，又填了一个汗帮的申请表，并且抢在刘邦前面把两张表格都交了上去。等到刘邦填好表格交上去的时候，政府说他的帮名已经被占用。刘邦打听到是项羽搞的鬼，心里很气愤，却也没有办法，只好再买一张申请表，取个谐音，把自己的帮名改为汉帮。

开学一年后，有个淮阴的少年来找我，说要学武术。我问他有什么特长，他说他会放屁。我说放屁算什么特长，人人都会放。他说他放的屁和常人不同，猛时如雷，柔时如歌。只可惜屁是臭的，尽管放得很别致，可到底还是惹人讨厌。

他是看到我们学校的宣传广告上写着“哪怕是仅有一个优点，也要使它成为学生人生成功的支点”才来找我的。他说如果我不能把他改造成才，他就到衙门告我们学校名不副实，做虚假广告骗人钱财。在秦朝，骗子一旦被捉，是要受五马分尸之刑的，所以秦朝的流氓宁愿去抢也不会去骗。

为了保全学校的名节，我开始教淮阴的少年武术，其他的学生都是先练筋骨皮，这个学生因为特殊，我就先教他控制气息。学会了控制气息，他的屁就可以收放自如。

一开始因为他的屁太臭，为避免伤及无辜，每次授课我们都得找一个开阔的场地，只有我们师徒二人。我虽然会闭气，但偶尔也会闻到，所以后来只得在他的饮食上下功夫，尽量只让他喝水、吃白面馒头，零食全部没收，这样放出来的屁无色无味，仔细闻，还有一股子淡淡的麦香。

秦朝的刑法中有一条是坑埋，这条刑法主要是针对那些叛乱的家族或帮派的。因为人数多，砍起头来太慢，车裂更麻烦，所以挖个大坑全埋了可以省很多事，而且不血腥，来年在地上种上庄稼，还可以有个好收成。

如果地下埋的有怀了多胞胎的孕妇，那来年在地面上种玉米，一棵玉米秆上能长好几个又粗又长的玉米棒子。这条刑法的不足之处是挖坑太累人，那时候没有挖掘机，要靠人力慢慢地挖。挖坑的人常常会抱怨说要是判个砍头或车裂就好了，刀起头落或者五马分尸，虽然血腥，可是很省力气。

直到淮阴的少年学会了放屁，这条刑法才得以完善。行刑的时候，只要把淮阴的少年叫去，好酒好肉款待完毕，然后淮阴的少年调整好气息，脱下裤子，众人远远避开，只听“轰隆”一声，如炸雷一般，地上就会出现一个大坑。坑的大小视官府给的报酬而定。

古人云：“丝不如竹，竹不如肉。”意思是说丝弦弹拨的曲子不如竹木吹出的曲子动听，而竹木吹出的曲子又比不上人的喉咙唱出的歌曲动人。这是一句评论音乐的妙语，它盛赞了声乐的艺术魅力，认为人的声音最能将人的情感酣畅淋漓地表达出来。

后来淮阴的少年学会了以屁作歌，屁声大时如急雨，屁声小时如私语，屁声时大时小，就像大珠小珠落玉盘一样。孔子听到这样的屁声后发出“闻淮阴少年之屁，三月不知肉味”的感慨，再后来古人又在后面加了一句“肉不如屁”。可惜放屁一直被视为不雅之举，所以这最后一句没能流传下来。

淮阴的少年名叫韩信，韩信是原来韩国的贵族，长得白白胖胖的，入学之后，自然是在白道跟着项羽混。在楚帮，论杀伤力，韩信和项羽不相上下；论肤色，韩信要比项羽还要白一些，只不过是病态的白。项羽担心韩信和自己抢白道老大的位置，所以处处压着韩信，不给韩信表现的机会。久而久之，韩信就被压出了抑郁症。

得了抑郁症之后，韩信无论做什么都是无精打采的样子，很影响学校的整体形象。为了解决这个问题，我召集各科老师开了个研讨会。

研讨会上，我从泰国请来的外教说：“如果坚持每天早晨连续散步三十至六十分钟，让脸好好晒晒温暖的阳光，抑郁的心情会随之消失。”外教的研究证实，阳光是极好的天然抗抑郁药物，而早晨的阳光效果最佳。躺在窗户朝东的病房里的病人不服用药物，要比躺在窗户朝北的病房里的病人身体康复得早几天。

在没有更好的办法之前，我只好采取外教的阳光疗法，太阳一出来就让韩信到操场上站着。久而久之，韩信就被晒成了黑人。晒成黑人之后，韩信在白道中就成了异类，受到了所有白道中人的鄙视和排挤。后来抑郁症好了，韩信就加入了黑道，做了刘邦的手下。

在教授音乐之余，偶尔我们也会给学生上几节文化课。可惜乱世之中，除了韩信，其他学生对文化课都不感兴趣，不是旷课就是早退。为了让学生们对文化课产生兴趣，我决定曲线救国，采纳外教提供的功能教学法。

功能教学法产生时又叫意念法、交际法或意念—功能—交际法。它是周武王时兴起于高丽国的学派，春秋时期经过庄子等人的推广，逐渐发展为交际法并衍生了许多变体，如结构—功能法、平衡活动法，等等。此法的主要教学思想是根据学生要表达交流什么观念和思想，来选学能够负载那些观念和思想的言语形式和语言规则。即按学生的需要取材，由内容决定形式。在这一点来看，功能法真正把语言和思维分开了。语言只是表达、负载思维的工具和符号。

以往的教学法都主张先掌握了工具再去做家具，修房屋，建工厂，造工业品。但很可能你费心费力掌握了许多工具，而实际只需要劈点儿柴火，别的什么也用不着。那就太劳而无功了。

经过调查，学生最想学的是写情书，于是外教就把情书的分类、情书的文体、情书的格式、情书的内容、情书的语言、写情书的注意事项等全教给了学生，并且要求学生分别给我们学校的美女老师小虞写一封情书，黑道写含蓄式的，白道写奔放式的。

以下是黑道代表刘邦和白道代表项羽写的情书。

敬爱的小虞老师：

您好！

我是刘邦，小名刘季。我家有四个兄弟，我排行老三。我出生后不久母亲又生下了一个弟弟，然后就去世了。那时候我才三岁，就这样活生生地失去了母爱。从那以后，我就变得沉默寡言。由于家中全是男人，缺乏和女生的接触，所以长大后，一看到女生我就脸红，一和女生说话我就结巴。十六岁那年我第一次摸女孩子的手，激动得差点儿晕过去。

随着时光的流转，岁月的变迁，我已经是扯淡全才学校二年级的学生了。在这两年里，除了迟到、早退、旷课之外，其他时间，我都在很认真地学习。我说这些，并不是想在毕业的时候得到一个品学兼优的评价。其实别人怎么评价我，我根本不在乎。我只在乎您，敬爱的小虞老师。

您知道吗？当我看到您的第一眼，我就知道，您是我的女神。每当您对我微笑的时候，我的鼻血就会在脑袋里翻江倒海，但我从来没当着您的面流鼻血，我知道您晕血。

您那倾国倾城的微笑，胜过百合，胜过人间千言万语，至此，我再也忍不住，我想对您说：“我……我……我……您太美了。”

对不起，敬爱的小虞老师，我现在有些激动，有些头晕，就此搁笔。

刘邦

公元前 209 年 2 月 2 日

亲爱的小虞老师：

你好！

我是项羽。我听见你的声音，有种特别的感觉，让我不断地想，不敢再忘记你，哪怕只能够这样地想你。如果真的有一天，爱情理想会实现，我会加倍努力好好对你，永远不改变。不管路有多么远，一定会让它实现，我会轻轻在你耳边，对你说，我爱你，爱着你，就像老鼠爱大米，不管有多少风雨，我都会依然陪着你。我想你，想着你，不管有多么的苦，只要能让你开心，我什么都愿意！

项羽

公元前 209 年 2 月 2 日

小虞老师把刘邦和项羽写的情书拿给我看，我看了之后问小虞，假如让她在项羽和刘邦中间做个选择，她会选哪个？

小虞说：“当然是选项羽了。撇开肤色不说，你看刘邦那么啰唆，写了那么多字也没写到重点，嫁给他，非要被烦死不可。而且他说他一看到我，鼻血就会在脑袋里翻江倒海，要是我嫁给他，他还不吐血而死，这样我就得落下个克夫的罪名，多不划算。而项羽就不同了，想什么说什么，直来直去，这才是男儿本色！”

项羽知道小虞老师喜欢自己之后，就决定请全体师生到鸿门大酒楼吃饭。刘邦接到了请帖后，犹豫再三，无法决定是去还是不去，于是就问身边的韩信。韩信说：“项羽请大哥吃饭，大哥若不去，别人会以为大哥怕项羽，若去了吧，又恐项羽使诈。不过，当着全校老师的面，项羽应该也不会做出太过分的事来！”

刘邦说：“那咱就去，再叫上几个能吃能喝的弟兄，到了鸿门大酒楼，咱只管放开了吃喝。项羽若要为难咱们，你就放屁臭死他们！”

黑道上的人出身贫贱，大都是唱着“锄禾日当午，汗滴禾下土，谁知盘中餐，粒粒皆辛苦”长大的。所以刘邦赴宴的时候，不但带了一百多个胃口好、酒量大的弟兄，还嘱咐每个人都得带上两个饭桶，因为鸿门大酒楼的宴很丰盛，吃饱后桌子上还会剩很多酒菜。

那天，项羽、刘邦、韩信、小虞老师和我在一个包间里，其他学生和老师在另外的包间或者大厅里。自从学生按肤色分成黑白两道后，这是他们第一次和和气气地坐在一起吃饭。

项羽故意点了一些古怪的菜肴，比如把烧红的石头放入汤内，汤内的生鱼便会被烫熟，入口鲜香无比；竹虫、蚂蚱、蚕蛹一并放入蝶形盘内，组成了三只蚊子一盘菜。

项羽知道刘邦是乡下人，不知道吃法，故意请刘邦先吃，好在韩信见多识广，每次都帮刘邦解围。

吃到一半，刘邦问小虞老师有没有表妹。小虞老师说：“即使有，也不会让她和啰唆的人谈恋爱。”刘邦听到这样的回答，再也忍不下去，借故要上厕所，离开了鸿门大酒楼。

鸿门宴之后，黑道中很多人都觉得刘邦太窝囊，就有了弃暗投明的打算。与此同时，项羽为了扩大自己的势力范围，决定吞并汉帮。

有一次，黑道中有人在学校食堂吃包子时吃出一张字条，上面写着：大楚兴，项羽王！

集体宿舍的公共厕所里也写满了赞扬项羽、批判刘邦的句子，比如：跟着项羽走，有肉吃！跟着刘邦，汤都喝不着！

迫于形势，刘邦在一个月黑风高的夜晚，怀揣两个猪蹄去找项羽。两人一直聊到天亮，具体聊了些什么，无从得知。只知道他们俩每说几句话，就要拥抱一下彼此。分别的时候，刘邦一步三回头，含情脉脉地望着即将消失在视线里的项羽。

我猜想那天晚上刘邦可能是把兵权交给项羽了，因为第二天一早，项羽就派人改编了黑道的队伍。原来的黑道中人全部归汉帮管辖，在项羽的指挥下，黑道分裂为燕、韩、赵、魏、秦、汉六个小帮，项羽自封为霸王，所有帮会都要听从项羽的安排。

刘邦虽然依旧是汉帮的老大，但手下的人数只有以前的六分之一。刘邦以前一个人住一间房，项羽改编黑道后，燕、韩、赵、魏、秦的老大都搬到了刘邦的房间里。刘邦夜里睡觉会说梦话、磨牙。以前一个人睡，不会影响到别人，现在六个人睡一个房间，他再说梦话或者磨牙就很招人恨。

有一天，刘邦一觉醒来，拿起脸盆、毛巾、牙膏、牙刷去洗漱，当他在牙刷上挤好牙膏的时候，突然觉得嘴巴里少了点儿什么，对着镜子一看，才发现嘴巴里只剩下一颗牙齿了，足足比以前少了五颗牙。刘邦用脚趾都能猜出是燕、韩、赵、魏、秦那几个老大干的。刘邦想：“这些人也太缺德了，嫌我吵就不要搬进来和我一起住嘛。要敲牙事先也该打个招呼啊，就算不打招呼，也不能把五颗好牙敲了，仅剩一颗蛀牙啊！”

为了保护最后一颗牙，刘邦把床挪到了阳台上。阳台上有很多苍蝇和蚊子，每天晚上刘邦身上都会被咬出无数红肿的大包——横看成岭侧成峰。为了防止蚊虫叮咬，刘邦决定不再洗澡，臭烘烘的刘邦上课的时候总是要忍受同学们异样的目光。连韩信也在课堂上给刘邦写字条说：“我不能捂着鼻子坐在你身旁，你身上的味道实在让人悲伤。”

刘邦把字条交给我，请求我主持公道。我想着一山不容二虎，我不能随便得罪贵族。刚好听说陈胜在大泽乡搞了个起义公司，高薪招聘员工，我就开了介绍信，让刘邦去陈胜的公司上班了。

CHAPTER 11

天外天

引子

天地间一片混沌，灵帝赤裸着身躯沉睡在这混沌之中。万年之期又要到了，天地万物都在等着灵帝苏醒，等待他劈开更高的天。

灵帝已经苏醒了三十三次，于是便有了三十三重天。在每一个万年之期到来的时候，灵帝都会醒来，每次醒来他流露出的第一个表情就是厌倦，厌倦眼前混沌的一切。然而当他以掌为斧，劈开眼前的混沌，他又会讨厌天和地之前的透亮，又会怀念过去的混沌。而且那以掌为斧用尽全力的一劈也让他累了，他会飞入天空之上的混沌中，继续沉睡，直到下一个万年之期。他这样反复地苏醒，劈天，睡去，有一些放荡的生灵，都在私底下叫他睡帝。

被他劈开的天地在三十多万年里孕育了无数生物，每一物都有灵。以灵力高低来计，单是能自由穿梭于天地间的生灵，就有龙、人、蛇、虎、牛、马、犬、凤、水、火、草、木等三十余族。

这些天地孕育出的生物，先是在地上修炼，待到吸足了天地灵气便可升入第一重天，天上的灵气、灵药比地上多万倍，但同时要升入更高的一重天，也比离地升天要难上万倍。三十多万年过去了，这些生灵最强大的也只是能够进入九重天而已。

①

终南山

终南山的午后，暖暖的阳光斜洒在刀斧削过一般陡峭的崖壁上。崖顶有一棵合抱粗的大树，迎风而立。树根一半深埋在崖顶的泥土里，另一半错综复杂地密布在崖壁上。

在一截手臂粗的树根上，绑着一条拇指般粗细的绳子，顺着绳子往下看，崖壁中间偏下的地方，正趴着一个少年，绳子的另一端就绑在少年的腰间。

离少年不远的地方，长着一株奇异的植物，开着艳丽的花朵，却闻不到花香。少年几次尝试想把身体移到花朵下面，都因为崖壁过于光滑而失败了。

然而少年并没有因为几次失败就露出沮丧的神情，相反他兴致很高。他找这株药已经很久了，如今近在咫尺，他相信自己多跳跃攀爬几次，肯定能采到这药的。他听药堂的老师傅说起过，这是百年一开花的凌源花，有起死回生的功效，要是卖给那些显贵的人家，所得的银两够药店开销半年的。

到那时候，少年的地位就不同以往了，就不再是任人使唤的学徒了，或许掌柜的会把千金小姐的使唤丫头仙儿许配给他也说不定。

少年一边畅想着美好的未来，一边仔细打量着已经被他打量了很多遍的崖壁，只要能找到一条小缝、一个落脚点，他就能荡到灵药的下面。

他慢慢地思考着、摸索着，突然，崖顶传来了“咯吱咯吱”的声音。少年视力很好，一眼就看见崖顶那颗大树的根部正趴着一只悬鼠。悬鼠最爱啃树根了，如果是平时少年完全可以视而不见。可是今天，悬鼠啃的正是少年腰间绳子绑的那截树根。只消再迟疑一会儿，树根就会被啃断，到时候少年要想再回到崖顶，那真是难如登天。

少年的背上倒是有箭篓，可是刚才射猎的时候已经被他用完了，他视力好，射艺却不精，总是控制不好力度，每次都是白白浪费了箭，眼看着猎物跑掉。

总不能这样等死吧，少年左顾右盼，想随便找个树枝之类的东西射上去，即使射不到悬鼠，能吓跑它也好。这时候少年心里已经没有灵药了，先保命要紧，反正灵药长在这个地方，他也不担心会被别人捷足先登了。

刚摸到一根手感稍硬的枝蔓，扯断了正要拉弓射上去，视线落下之处，悬鼠却不见了，取而代之的是一张美艳绝伦的少女的脸，还是一张笑脸。

“你帮我盯着上面，别让那悬鼠再啃树根了，我采了药材就上去。”虽然是未曾谋面的陌生人，可毕竟是同类，少年想少女一定会帮自己的，想到有人帮忙了，刚才的恐惧感就烟消云散了，灵药的诱惑又占了上风。

“你这个人，刚从鬼门关回来，就忙着干活儿，也不上来歇会儿？也不跟我说声谢谢？”少女一脸的不爽，边说话边用脚踩着树根，被她踩过的树根都变得稀烂，比悬鼠啃过的还烂。少年绑在腰间的绳子现在也被少女踩在了脚下，只要她一松脚，少年就会坠入万丈深渊。

可是少年在下面并不知道这一切，等到他采完灵药，爬上崖顶，看见被少女踩在脚下的绳子，背上顿时惊出了冷汗。他不知道树根是被少女踩烂的，他以为是少女在关键时刻救了他。

“你可是段言？”看着少年盯着自己脚下的绳子目瞪口呆的样子，少女便像达到了目的一般，舒展了眉目。不得不说，少女不皱眉的时候，简直好看得让人晕眩。好在少年并不是好色之徒，听到问话，很快回过神来。

“你怎么知道我的姓名？”

“我是九重天上的仙子。”

段言一愣，刚才他还在想，为何这女孩脚下有如此神力，可以承受他整个身体的重量。原来是天上的仙子。段言听常去药堂买药炼丹的修炼者们提起过九重天，那是天地万物灵力最高者修炼的地方，来自那个地方的人，是会受到天地万物的膜拜的。

想到眼前的女子是人族的保护神，段言膝下一软，就跪拜了起来。边磕头边祈祷说：“求仙子姐姐保佑我身体健康吃嘛嘛香，长大了能娶到千金小姐的贴身丫鬟仙儿为妻。我以后一定在床前供奉仙子姐姐的位置，每日美酒美食伺候，早晚磕头上香！”

少女莞尔一笑，说道：“看来你是知道九重天的，你还知道些什么？”

段言虽然不是修炼者，但是因为交了不少修炼者做朋友，所以他对修炼的事情知道的还是不少的。比如万物皆有修炼者，草木也不例外。那些懒于修炼的种族，很容易灭绝掉。灵帝开天辟地之后，天地间孕育过九万种生灵，如今只剩下三万多种了。好在段言所在的人族，一直勤于修炼，所以才会越来越强大。除了海里的龙族，陆地上没有哪个种族是人族的对手。段言把自己知道的一股脑儿都告诉了少女。

少女笑得更开心了，说道：“看来你知道得还不少，不过知道这些没用。该记得的你都忘了。”

段言一愣，心想：“自己忘了什么？好像没忘什么吧？”

少女接着说道：“我叫夜师，我之所以知道你叫段言，是因为你曾和我一起在七重天修炼过，因为服错灵药走火入魔才堕入了凡间。我此番下来找你，是因为数年之后，天地将有一劫，万物皆有灭顶之灾。除非我们能在劫难到来之前集齐七种灵药炼成神丹，一切才会有转机。”

段言默然听完少女的话，使劲儿回想，还是想不起过去的事情，对于他曾经也是修炼者，还上过七重天这件事，段言觉得有些不可思议。但既然是仙子说的，一定错不了。他也一直想干点大事儿，如今能帮仙子一起拯救天下苍生的话，对于段言来说，是可遇不可求的机缘。只是他放心不下药堂的那些朋友。

说是那些朋友，但是真正让段言放不下的，只有千金小姐的贴身丫鬟仙儿，段言想回去跟仙儿告个别，想跟仙儿说自己去做大事了，让仙儿不要等自己，不要耽误了大好年华，遇到好人就嫁了吧。尽管是自己的单相思，段言觉得还是有始有终的好。

“我们已经没有多少时间了，你还是不要回家了，你一个人的儿女情长重要，还是天下生灵的性命重要？”

“当然是天下生灵的性命重要了，我这条命是仙子救下的，仙子说不回我就不回了。而且我那些朋友也未必惦念我。只是，我们要去哪里找呢？我能帮上什么忙呢？”

“你是寻药高手，跟着我我自然会告诉你怎么帮我。我们要去七个岛找七种灵药。那七个岛分别是赤焰岛、黑橙岛、黄鹏岛、绿荑岛、青鲲岛、蓝遁岛和紫檀岛。七种灵药分别是赤花、橙木、黄杉、绿蔓、青藤、蓝叶、紫果。”

段言一听这七岛七药的名字，顿时泄了气。这些岛屿和药他都听人说起过，但那些人都是当神话传说来讲的，没有人找到过这七个岛，或者说是有人找到了，但是没人上岛后还能活着回来，想从岛上带神药回来，简直是做梦啊。

看着段言的神情，夜师问道：“看你的样子，似乎知道这七岛的存在，你对这些岛屿又了解多少？”

段言说：“我也是听街边的老人跟我说的，他们说那赤焰岛，因岛土呈赤色，终年烈日炎炎而得名，岛上住着炙族人，他们信奉太阳神，崇尚武力，少数尚在进化中的族人有些暴力，喜欢杀戮。

“黑橙岛，因岛上长满了黑橙树而得名，岛土呈黑色，岛屿四周常年弥漫着黑色的烟雾。岛上住着冷谢族人，该族人普遍冷漠，心理阴暗，好猜忌，与人发生矛盾后不会像赤焰岛上的人那样武力相争，只会暗地里投毒，施巫术。故而冷谢族人擅长制毒，精通巫术。

“黄鹏岛，因岛上黄鹏鸟众多而得名，岛上住着的迤逦人肋生双翅，擅长飞翔，能一日飞千里，更有驾驭空中各类飞鸟的本领，该族人喜欢用羽毛打扮自己，故而个个鲜艳无比。

“绿荑岛，岛上没有人类，也没有动物，只有各种花草树木。其中有两种草是仙草，是太阳神亲自种下的。这两种草，一种叫荑生，能起死回生，延年益寿；另一种叫荑变，毒性很大，人吃了会马上变成丑陋的动物。两种仙草形状几乎一模一样，难以辨出，而且它们生长在百草丛中，很难找到。岛上更多的是食人植物，常常有其他岛屿的人来寻草，最终都丢掉了性命。

“青鲲岛，此岛一年有半数时间被淹没在海水里，岛上住着的青鲲族人虽已进化为人，背上却有鳃，可以在水中自由呼吸。

“蓝遁岛，岛上住着的空空族人擅长遁术，喜欢藏在土里，只露一个头，头常常被涂成蓝色，他们是唯一不信奉太阳神的人类。他们觉得万物皆空，一切都是虚无。

“紫檀岛，因岛土呈紫色，且岛上檀木众多而得名。檀木木质坚硬，香气芬芳永恒，色彩绚丽多变且百毒不侵，万古不朽，又能避邪，故又称圣檀。岛上只有亦谷族，此族人喜欢造船，以捕鱼为生，和青鲲岛人是天敌。

“这七个岛分散在大海深处，这么多年了都没有一个人去过这些岛上还能安然无恙地回来。岛有多大，灵药在岛的哪个位置，就更没人知道了。”

“你不信任我吗？我既然来自九重天，就有我的办法。你不能到达的地方，我会提升你的灵力帮你到达。你曾经的修为不比我差，只要你勤快点儿，今生还是有望再入天门的。”

听完段言的长谈，夜师暗暗松了口气。幸好段言已经忘记了那一切，不然就枉费她历尽千辛万苦找到他了。

②

九重天

话说混沌初开，世间万物皆可修灵，灵力到达一定境界，便可离地升天，成为族中的尊者。在天界继续修炼。

数万年过去，天界资源枯竭，各族为了抢夺天界资源以达到更高的修为，展开了激烈的搏杀。龙族在搏杀中胜出，成为天界的主宰，人族次之，其他种族皆被贬下凡。有少数虎、牛、兔、蛇、熊等族的尊者为了修炼不愿下凡的，都成了龙族和人族的玩物或者坐骑。

蛇族曾和龙族是一体的，龙族为了独占天资，硬是将蛇族通通赶下凡间，那化身美少女的夜师，就是蛇族的至尊蛇灵。被迫下凡之后，蛇灵不甘心，才会去寻找转世人灵段言。

因为段言转世后灵力尽失，记忆也失去了，寻找起来非常麻烦。等到蛇灵找到段言的时候，天下格局已定，基本上所有族类都认可了龙族的统治，大家也都相安无事，各自修炼。

所以蛇灵不敢告诉段言真相，她怕段言怜悯天下苍生，不肯帮她。毕竟她寻找灵药炼成神丹的目的是提高灵力让蛇族和龙族一决高下。到时候势必会牵扯到其他族类参战，天下不知道会因此死伤多少生灵。段言过去就厌战，今生也不是好斗之人。蛇灵来找他的时候，是做了两手准备的，能骗则骗，骗不过，就把大战之后的胜果许诺给段言，让人族做天下的主宰，让段言做天下至尊。她只要能让蛇族自由出入天地间修炼就满足了。

龙族大会上，显像琉璃把蛇灵近万年的行踪放了一遍。龙族的首尊长叹了一口气说道："到底还是被蛇灵先找到了段言，如果不阻止蛇灵的计划，我们龙族的前途堪忧啊。"

八角龙插了一句道："直接用天火雷炸死他们不就行了？"

灭地龙冷笑了一声说："炸死他们容易，惊醒了灵帝怎么办？灵帝如果提前醒来，天下万物的命数都会发生改变，到时候龙族就更前途莫测了。"

八角龙说："那就眼睁睁地看着他们折腾，干坐着等他们炼好了丹药打上九重天？"

灭地龙说："我有一个办法，我们可以去求太阳神，那七岛是太阳神的领地，也是太阳神和水神大战的胜利果实，我们只要让太阳神和水神掺和到这件事里面来，蛇灵就没法如愿了，也不会惊醒灵帝了。"

在三十万年前，星宿也开始修炼，灵力最强的那颗星球，被称为太阳神，是星宿界的主宰，他基本上是不干涉天地万物的作为的。唯一一次因为水神淹没了所有陆地，太阳神看着不爽，才和水神交战了一次。

两神的灵力是半斤对八两，纠缠了九万年还是没分出胜负，直到有一次灵帝苏醒，看到他们在瞎折腾，觉得碍眼，就往东海指了一片地方，只限制他们在那一个地方交战。那战场便是七岛的所在地。太阳神占上风的时候，岛屿就会浮出水面。水神占上风的时候，岛屿就会沉入海底。久而久之，岛屿的沉浮也成了定数，但是因为有两神的灵力环绕在四周，所以也只有常年生活在水里的龙族和蛇族比较清楚七岛的具体方位和登岛的办法，其他种族都很难靠近七岛。

龙族大会之后，七条金龙飞下九重天，直奔七岛。此时段言和夜师还在路上，因为腾云驾雾会显现原形，夜师只能陪着段言步行，虽然路程并不遥远，但一路上因为要帮段言提升灵力，进程相当缓慢。

段言过去修炼的是阳系神功，夜师修炼的是阴系神功，所以用夜师的心法口诀重新修炼，对段言来说，是件事倍功半的事。还好之前采了终南山的灵药，不用回药堂了，段言就直接服了此药，一路上遇到险山深崖段言也会停留下来看看，采到灵药就服用。这样过了几个月，虽然对于蛇灵来说段言还在起步阶段，一重天也进不去，但是遇到有风的天气，段言已经可以御风而行了，在离地百米的空中飞行，偶尔会遇到同级的修炼者，看着他们五花八门的飞行工具和飞行方式，对段言来说，着实是大开眼界。

③

赤焰岛

在烟波海的最西边，有一个面积巨大却寸草不生的岛，叫赤焰岛。岛上有一半的面积是红色的沙粒，另一半是红色土地。

岛上白昼很长，但因为经常下雨，所以即便烈日炎炎，还是生存着很多生物。所有生物里最强大的是一个叫炙的族类，炙族大部分已经进化成了人类，只有少部分习性还和猛兽一般，凶残好斗。当岛屿沉入海底的时候，岛上的生物会集体沉睡。直到岛屿浮出海面时才会苏醒。只有未进化的炙族人，会像鱼一样自始至终睁着眼睛。

就像赤焰岛上的土地一样，居住在这座岛上的炙族人的眼睛也都呈火红色，看上去十分诡异。有些新生儿因为眼睛不够红，常常要被父母抱到篝火边烤，或者放在太阳下晒，因为眼睛颜色是否纯正决定着他们未来的命运，要当族长或者权贵，眼睛颜色纯正是第一关，就像血统一样。

没有一个父母会问这些被烤被晒的孩子们是否难受，即便有小孩忍受不了大声地哭出来，他们也只会说："这是为你好，等你长大了就知道了。"

有很多小孩其实根本不想当什么族长或者权贵的，可他们的父母不这么想，等他们长大为人父母之后，却又会忘记自己小时候的经历和想法，把自己小时候的罪，再一次施加在他们的孩子身上。

小孩子有心拒绝，却无力反抗。

赤绝在成为族长之前，也有过差点儿被烤焦的经历，他一度的理想就是当上族长然后禁止族人再这样做。所以从小到大，他打架比别人都狠，考虑事情比别人周全，长得又比其他族人好看，当然是以炙族人的标准来看。最终他在三十七岁的时候被选为族长的接班人，四十七岁的时候当上了族长。

当上族长之后他才发现，族长并不像他当初想象中那样可以随心所欲，甚至可以说族长比任何一个族人都累。所有人有事都求助于他，而他有事只能去求神，神又总是不搭理他。

赤焰岛是七岛中最靠近西方，最靠近太阳神的一座岛。龙族飞下九重天，第一个要袭击的目标便是赤焰岛。当岛上的生灵还在考虑怎么扩张势力，吞并周围的岛屿时，一场来自龙族的大火烧毁了岛上的一切。

除了赤绝之外，岛上生灵无一生还，赤绝能活着，全是靠赤花的庇护，龙族的本意是烧毁赤花，让蛇灵不能集齐灵药，结果事与愿违，所有不该灭绝的都灭绝了，该灭绝的花却还顽强地活着。

龙族袭击完赤焰岛，马上去攻击黑橙岛，他们打算在太阳神发现之前，消灭这座岛上所有的生灵，然后嫁祸给蛇灵和段言。

④

木灵盗

龙族刚离开赤焰岛，海水便淹没了一切，那些死去的亡灵带着咒怨沉睡在水中。因为掌握了御风而行的口诀，夜师和段言赶在七座岛屿完全沉入海底之前到了烟波海。这时候已经只剩下紫檀岛还在海面上了。龙族刚刚离开，岛上一片死寂。除了一个擅长偷盗的木灵之外，岛上一个活物也没有了。

段言和夜师上岛的时候，木灵正在整理同族修炼者的尸体。面对比他们强大太多倍的龙族，木灵没有想到去报复。龙族没有赶尽杀绝已经算是恩赐了。龙族离开之前向木灵索要紫果。木灵交了出去，然后又偷了回来。龙族怎么也想不到木灵敢向他们行窃，而且是在刚刚献出宝物不久。所以在回到九重天后发现紫果不在的时候，他们并没有多惊慌，想着多半是路上遗失了，那紫果对他们来说没有任何用处，只要不落在蛇灵手里就无所谓。

七龙回去复命后不久，龙族的首尊就去通知了太阳神，说蛇灵带人摧毁了七岛，想要挑起水神和太阳神之间的战争。太阳神闻讯赶到烟波海时，正看到段言和夜师在紫檀岛上寻找灵药。于是连询问与调查都省了，太阳神直接放火攻击蛇灵。

巧的是水神听说七岛生灵被毁，也过来调查，看到太阳神放火，以为灾祸是太阳神降下的，于是水神就放水灭了太阳神的火。两个大神在半空中交战，看得段言目瞪口呆。

“这两位大神是什么时候出现的，怎么一出现就打起来了？”

“不关我们的事，他们俩本来就爱打斗，我们赶紧找到灵药离开这是非之地。待久了搞不好会惹上麻烦。”蛇灵倒是不怕太阳神和水神，她已经进过九重天了，太阳神虽然厉害，也杀不了她，只是打起来的话会让蛇灵现出蛇形，到时候吓到段言就得不偿失了。

段言是寻药的能手，很快就找到了紫果的所在。木灵把紫果藏在紫檀木中，紫檀木又被放在檀树林中。木灵眼中的万全之策对于段言来说已经是小孩的把戏了，段言视力本来就好，开始修炼之后耳朵、眼睛、鼻子的能力都提高了一大截，可以百里穿石看物，千里隔海嗅味，万里排云听音。

好在木灵偷盗的手段高，而且会忍术，段言刚拿到紫果，还没有离开紫檀岛，就被伪装成一块海面浮木的木灵偷回去了。

夜师看到段言拿到了紫果，心情大好，带着段言就上了三重天。这时候水神和太阳神还在一重天交战，他们的灵力所到之处，风卷云残，众星坠落。

因为还要等剩下的六岛浮出海面，一时间夜师和段言也没有事情做，于是就在三重天盘起腿看热闹了。

在他们头顶的九重天上，龙族也在看热闹。他们本指望会把太阳神的怒火牵到蛇灵和段言身上，却没料到水神那么快就接招了。虽然龙族的尊者还在想阻止办法，但是已经有个隐隐的声音在他心底说：“龙算也不如天算，一切已经注定，谁也无法改变了。”

因为是第一次上三重天，段言很兴奋，就问夜师过去的事情。

这下可难为了夜师。想了半天，夜师真假参半地说道：“过去你非常厉害的，是人族的尊者，灵力最强且进步最快。在龙族和蛇族还在五重天的时候，只有你独自一人到了七重天。只是你到了七重天之后，就停滞不前了。后来龙族、蛇族都上了七重天，有一次你服灵药提升灵力的时候，龙族派人悄悄地给你换了假的灵药。你吃完假药就走火入魔跌入凡尘了，然后我就下去找你了。”

“你对我真好。以前我都觉得我是孤零零的一个人，死了也不会有人去找我的。我生来不知道自己的父母是谁，没有家、没有兄弟，药堂的大师傅在一棵树上把我捡回去，说我是树生树长的。我小名就叫树树。后来长大了，喜欢上了掌柜家里的一个丫鬟，那丫头却总是使坏整我，虽然我表面上不生气，心里却是非常难过的。我想着以后我一定要建个家，把她娶回去，让她洗衣、做饭、生孩子，采桑、种茶、伺候我。”

“你的逻辑好奇怪，不过你不用伤心。你跌入凡尘之后，全天下都在寻找你。只不过茫茫人海，你的灵力全失，记忆全失，昔日高高在上的仙尊，变成了普普通通的少年，要找到你好难。那日如果不是看到你在采药，悬鼠在捣乱，我也不能一眼认出你。”

“你的意思是说，你认出我是因为我在采药？”

“是的。我们蛇……我们人族有一本预言书，上面写了一首关于你的诗，诗的名字叫悬鼠，一共四句，我念给你听：悬鼠害仙尊，诱师山中去，采药此山中，云天飘渺处。”

“还真是一首预言诗，现在来看，就是说在一个高山之上，云彩很深，我在采药，悬鼠在害我，然后你帮我采到了灵药！是这样吧？”

“应该是这样的，不过应该不仅仅是这样，因为接下来我们还是要去采药的。”

“嗯，我现在已经有信心了，也知道怎么去帮你了。紫果这么容易就到手了，剩下的六种灵药应该也不难找到。”说着段言顺手往怀里一摸，不摸不要紧，一摸把他惊出了一身汗来！

“糟糕，紫果不见了！”

“该不会是又被木灵偷盗回去了吧。罢了，此刻紫檀岛已经沉入海底，回去也找不到了。趁着这工夫，要不然我们回你所在的那个药堂看看，反正你现在灵力已经恢复了一半，这点儿路程对你而言不过是一炷香的工夫。”蛇灵倒是也不急，寻找段言数万年，已经磨平了她的急性子。

“好，我也正想回去显摆显摆。没准儿一显摆，掌柜的就把仙儿嫁给我了。”

“你已经是修炼者了，就不要再儿女情长想那些了。你过去会停滞在七重天，就是因为你常常往下界看，好像下界住着你什么人。你每次升高一重天，就会长叹一口气。别人都为你祝贺，你却总说，‘越离越远了，高处不胜寒啊’！”

⑤

七种灵药

段言和夜师回到终南山下的小镇上，正赶上药堂的掌柜嫁女儿，夫家是个大屠夫，丫鬟仙儿也被陪嫁了过去。这情景让段言悲伤不已，他原以为大小姐美貌无双，仙儿聪明无双，不嫁给他穷酸的段言，总该嫁入某个书香门第，结果却是便宜了一个屠夫。真是人生在世身不由己，未来会发生什么，没有人算得清。

夜师为了安慰段言，跟他说她的小名也叫仙儿。这一点夜师倒是没有撒谎。至于前面她说的龙族害了段言，全是嫁祸之言，是段言自己服错药跌入凡尘的。那本预言书倒是真的存在，但是预言书上最让人印象深刻的并不是开篇的那首悬鼠诗，而是封面上的两句话——未见段言已倾心，一见段言误终身。

和段言在一起时间越久，蛇灵越觉得自己蛇味变淡，人味变强。而且受段言多情的影响，蛇灵觉得自己也有点儿把持不住自己的情绪了。本来只是利用段言，毫无愧疚之心，此时她却不急着找灵药了，更希望看到段言笑一笑。

离开了终南山的伤心地，回到七岛，水神和太阳神已经各自歇着了，他们俩的战争永远不会完。龙族也看腻味了，看到蛇灵带着段言回来了，而且段言灵力已经恢复了八成，如果任由其发展下去，那未来的天下主宰不是蛇族就是人族了，绝不会有龙族的份儿了。

龙族的首尊很惆怅。再下界去阻止，恐怕也阻止不了天意了，眼下他们能做的，只有抓紧时间修炼，早点进入十重天，进了十重天，就算蛇灵收齐了灵药，炼成了神丹，也未必能一举打败龙族。

在七岛等了数月，段言的灵力恢复到九成的时候，海水退去，岛屿浮出了水面。木灵盗看到蛇灵去而复返，知道躲不过了，主动交了紫果。

赤焰岛的赤绝得知蛇灵收齐灵药是为了炼制神丹，主动跑来献药，而且还鼓励其他岛屿的幸存者都把灵药献出来。因为他们现在有一个共同的敌人，那就是龙族。龙族本来攻击七岛是为了阻止蛇灵的，如今却帮了蛇灵。蛇灵不用再费尽心机地找药，大家自动献药了。

而且药中沾染了七岛亡灵的怨咒，灵力更强了。绿荑岛上的花灵和草灵不仅献出了蛇灵所需的灵药，还把可以增强灵力的仙花、仙草都送给了段言，服了太阳神庇护下的岛屿灵药，段言实力一下大增，过去还停留在七重天的他，这会儿一跃可以上九重天了。

只是灵力增强之后，段言的记忆也有所恢复，他渐渐地发现自己想起来的往事和夜师告诉自己的不一样。再加上七岛幸存者不断煽动蛇灵去攻击龙族，段言渐渐地觉得好像事情不是他一开始想的那样，炼丹的目的，似乎不是拯救天下苍生，而是交战。

灵药集齐以后，来找蛇灵的种族越来越多，昔日被龙族欺负过的族类都在等这个机会。蛇灵本族的人也都聚集在了七岛周围，相反，人族的修炼者却都没有来。眼看瞒不住了，夜师就告诉了段言事情的真相，她不是人族，她是蛇族的至尊。她带着段言采药，也不是为了拯救天下苍生，而是为了和龙族决一死战。

“你这样做是会导致生灵涂炭的啊。如今天下大势已定，何必再去争那个主宰的位置呢？何况高处不胜寒，真到了三十三重天，就能快乐吗？你看灵帝，灵力最强，住在最高的位置，可是他的生活多枯燥啊，每天就是睡觉、睡觉、睡觉。等到有一天，你上了最高重的天，发现再也无法升高的时候，没准儿也会对一切丧失兴趣，但是又没有办法死去了，你就只能像灵帝那样长眠不醒，在梦中寻找快活了。”段言说起这些的时候，突然想起来，当年在七重天，他是故意服错药才跌入凡尘的。是他故意要失去灵力和记忆的，因为才到七重天他就已经觉得高处不胜寒了，那三十三重天之上的孤独，他觉得自己是无法承受的。

“我们当年被龙族杀了无数同类，我为了寻找你，历尽了无数劫难。我此刻代表的已经不仅仅是我自己，我代表着所有被龙族欺压过的种族。你也看到龙族前段时间是怎么对付七岛的，他们完全没有爱心，那么多生灵他们眼睛都不眨一下就灭掉了。他们不配做天下的主宰。”

“可是谁配呢？谁做了天下的主宰，能够保证不会被那至高无上的权力冲昏头脑，做出危害天下的事情呢？”

“你，只有你，我相信你做了天下的主宰，天下万物都会蒙受恩典。”

“我？你的意思是你费尽千辛万苦，不是为了让蛇族做天下的主宰，而是为了我们人族？”

“我这样做可能会招来蛇族的怨言，可是我不后悔。我觉得天下主宰的位置更适合你，我的心太冷了。我没有办法去爱那些伤害过我的种族，而你可以。你的爱可以包容一切。”

“何以见得？”

“你看我骗了你这么久，你发现我是蛇灵之后，也没有怪我啊。”

“你是蛇灵没错，可你同时也是夜师。在我心里，你只是夜师，在别人眼里，你才是蛇灵。”

“唉，未见段言已倾心，一见段言误终身。预言书上的话果然没错。”说着说着夜师居然脸红了。

段言无语，只是凝视着丹炉，七种丹药已经在里面炼制了四十五天，再过四天就满了七七四十九天之数。到时候蛇灵服了丹药，或者是把丹药送给他服了。灵力大增之后，肩负着为昔日被欺压的种族报仇的使命，一场大战是难以避免的。大战之后呢？自己也许会进入十重天，十一重天……

生活又会变成过去那样，不断地修炼，不断地提高。从刚出世时喧嚣的人间，到七重天上寂静的云朵。段言想：“到时候自己可能会再一次选择服错丹药，再一次堕入凡间。那时候龙族又会卷土重来，又会为消灭蛇族而战。冤冤相报何时了，不如今日化作烟尘归去。”

畅想一番以后，段言长叹了口气，然后运足灵力，飞身跃入丹炉之中，丹炉之中的天灵地火遇到段言的精纯之体，无法化解，弹指间便爆炸了。

爆炸声响彻云霄。蛇灵在爆炸中死掉，灵帝也被爆炸声惊醒。这时候离万年之期还有很长一段时间，所有的生灵都屏住了呼吸，等待这意外所引发的蝴蝶效应。是福是祸都不再是众生能够控制的了。

在那辽阔的三十三重天之上，一片混沌之中，意外醒来的灵帝俯视着天下的一切。这是他第二次打量因他而生的万物。距离上一次被水神和太阳神惊醒已经过去了数十万年。经过这数十万年的沉睡，灵帝的脾气似乎好了许多。他并没有对万物做出什么惩罚。长久地注视之后，他再一次以掌为斧，连劈三下，然后一跃而上三十六重天的混沌之中。

尾声

青城山

青城山的山脚处新修了一座木屋，屋内住着一个少年和一个少女，少年每日上山采药，下山换取柴米油盐；少女每日洗衣、做饭、养鸡、养鸭、种桑、种茶。少年叫段言，少女叫仙儿，过去的事情，他们全忘了。很多很多年后，他们会生一个女孩。段言给女孩取名段夜师，女孩长大后跟着段言上山，段言采药，她采蘑菇，每次她都能采到又大又多的蘑菇。下山时她把一筐蘑菇放在段言面前，段言把蘑菇和药材都背在背上，把女儿放在肩头，若没有异族修炼者的打扰，这样的生活，他们会过上很多很多年。

CHAPTER 12

赤焰大陆

①

◇◇◇

怪井

往赤焰城东南方向走二十余里，有一座突兀的山。说它突兀，是因为方圆百里，除了这座孤零零的山，其余的地方连个高坡小丘都没有，一马平川。而且这山笔直如刀削，山上除了黝黑的石头，再没有其他物体，草木、昆虫、野兽都无法生长。

你要是跟上了年纪的人打听这座怪山，他们常常会提到一个传说。传说八百年前，这山下有一口井，井宽七尺，深不见底。有一年大旱，方圆百里的水源都干枯了，只有这井还往外出水，周围的乡里全靠这口井渡过了灾年。灾年过后，有人说这井通着大海，井中住着龙族之王，既然周围的乡邻都受了这井的大恩，就不能知恩不报。于是就不断地有人拿来贡品，跪拜这口井和那井中也不知道是否存在的龙族之王。

再后来祭拜的人多了，大家就集资在井旁边修了座龙王庙。庙建成那天，方圆百里的善男信女都来烧香拜神，结果就在当天夜里，天边一道流星划过，落下来，正砸在龙王庙上，庙被砸毁，井也被盖住了，周围的百姓也全部在那场灾难中丧生。

传说这座突兀的山，便是那从天而落的流星。这种说法虽然有理有据，但过去八百年了，也只能是权且听之，不能全信。

②

怪童

赤焰城东北角住着一户人家，一家三口，二老一少。当家的姓童，人称铁臂童，开着一个铁匠铺，靠打铁为生。铁臂童一生娶过四个老婆，前三个都没给他生下孩子。直到他四十岁那年，娶了赤焰城南门董家杂货店的寡妇为妻，那寡妇生得柳眉杏眼樱口蛇腰，因为嗜好养毒蛇，所以即便貌美如花，守寡之后也无人问津。她那可怜的丈夫，就是被她养的毒蛇咬死的。

铁臂童一身蛮力，自小又曾跟父亲打过几年猎，所以并不惧怕蛇虫猛兽。媒婆牵线让他和寡妇聊了一次之后，次日他就办了宴席，甚至特意在家里开了一片地给寡妇养蛇用。

寡妇过门的第三年，生下一个儿子，因为是千难万险才得了这么个儿子，于是取名童千。也算是老来得子，童千比其他的同龄孩子更受父母宠爱，平日里可以说是衣来伸手、饭来张口，铁臂童还专门给他找了个童养媳照料他的饮食起居。

按说这样娇生惯养的孩子，长大了必然是败家的角色。可是凡事都有例外，这童千虽然娇生惯养，却没有养成好逸恶劳的习惯，而且他还有一桩绝技——千舌万耳。

“千舌”指的就是他一个人可以发出上千种动物的声音；“万耳”就是说他可以听得懂一万种飞禽走兽的语言。

这绝技是在童千九岁时被发现的，打那以后，铁臂童就不再打铁了。靠着儿子千舌万耳的本领，铁壁童干起了祖传的营生——打猎。

只要遇上好天气，铁臂童就带上儿子和家里驯养好的一条蟒蛇，到野外去寻找奇珍异兽。虽然赤焰城外的灵兽不多，但是三个月捉一只卖了钱，也够铁臂童一家吃上几年的。

童千长到十四岁的时候已经能够独自外出捕猎了，不过他没有他老爹那么黑心。有时候遇到可爱的灵兽，他会不忍心捉去卖钱，如果灵兽能帮他找到灵药，他就会放了灵兽。

灵兽拿到赤焰城里献给王族可以换钱，灵药也可以换，虽然换的钱没有灵兽换的多，但是灵药除了贡献，还可以自己吃。从小到大童千吃过不少灵药，因为这些东西可以让他的舌头更灵敏，舌头灵敏了就可以诱捕到更多灵兽。还可以让他的耳力更好，耳力好了就可以察觉到更多灵兽的踪迹。可以说童千无意修炼，但因为他超凡的体质和从小进补的灵药，让他年纪轻轻就成为了人族顶尖的修炼者。

在童千十七岁那年，他意外地听到了怪山下的龙吟声。那声音告诉他，怪山下面一定有一头上古灵兽。如果能把这灵兽捉住，献给王族，说不定可以获得一座城池的封赏；如果不献给王族，能够把灵兽训练成自己的助手，那以后在人界他就可以所向披靡了。

童千试着发出龙的声音和怪山下的灵兽沟通，却并没有收到回应。不知道是那灵兽天性孤僻不爱与人交流，还是它一开始就觉察到了童千的恶意。

发现这头灵兽的存在之后，童千就不干别的事了，整天围着怪山转悠。他想：“在搞清楚灵兽为什么会出现在怪山下之前，应该先搞清楚怪山的来历。”

他试着在怪山上种树，结果种下的树隔夜就死了。他试着往怪山上引水，结果那水到怪山上后就会迅速被怪山吸收。怪山好像一张巨人的大口，不管放上什么东西，都会在短时间内被吞噬。

童千想：“该不会是山下的灵兽在作祟吧，那些活物或者是灵兽用来补充能量的？数万年来下了那么多场雨，怎么怪山上就没有留下一滴水呢？”

想得越多，童千就越觉得该把怪山挖开看看，看下面是不是像传说中的那样有一口通着大海的深井，井里是不是住着一条龙。在童千研究怪山的时候，赤焰城的王宫里有一个人也在研究怪山。

③

赤焰城

赤焰城坐落在赤焰大陆的正中央，是赤焰国的政治、经济和文化中心，也是烟波海上七大陆中最繁华的一座城。除了赤焰国是大统一的之外，其他六大陆上都四分五裂建立着不同的国家。其他六大陆分别为黑橙大陆、黄鹏大陆、绿荑大陆、青鲲大陆、蓝遁大陆、紫檀大陆，鉴于此文主要是讲发生在赤焰城的故事，所以其他六大陆的情况在此不多叙述。

赤焰国第一个国王叫赤绝，是他统一了整个赤焰大陆，带领炙族人建立了人界最繁华、最强大也是最文明的国家。赤绝死后，赤焰国又经历了塔达、那瓦、仙野等一共十九个国王，到灵绝继位的时候，赤焰国已经建国一千三百余年了。

上古传言，赤焰岛发展成赤焰大陆的第 1365 年，岛上生活的炙族人将遭受灭顶之灾。一颗和赤焰大陆面积相等的流星将会坠落在赤焰大陆上，届时赤焰大陆上的一切都将灰飞烟灭，周围六大陆的生灵也会因为流星撞击大陆产生的巨大冲力而受到伤害。

然而这毕竟只是传言，没有确凿的证据，很多人都抱着如果天真要灭人，人也无可奈何的心态，眼看着 1365 年之期越来越近了，恐慌的事情是一桩也没有发生。

不过这只是表面的平静，私下里，早在灵绝还是太子的时候，就已经在调查赤焰城东南方向的那座怪山了。因为传说那怪山就是一颗流星，既然赤焰大陆存在流星造访的痕迹，那么那上古传言就不可完全不信。

灵绝除了是王室子嗣之外，同时还是一名人族修炼者。因为自幼有强大的王室家族给他提供各种奇绝的修炼场所，所以虽然年纪轻轻，他已经具有了人族修炼者的巅峰实力，也正是因为有这样的实力，他才得以毫无悬念地继承王位。

人族的修炼分为五重，第一重练的主要是力气，练好了可以成为格斗高手；第二重是练技巧，练好了身轻如燕、来去如风；第三重是练吐纳，练好了可以让寿命翻倍；第四重是练入定，练好了可以不眠不休仍旧有充沛的体力；第五重是练飞翔，这一重是综合了前面四重的实力，格斗、技巧、吐纳、入定练好之后，练习飞翔就有望升入第一重天，彻底脱离人界成为天界修炼者。

灵绝的实力已经到了可以通天的地步，只不过入了天界他只是最低级的修炼者，留在人界他就是最顶端的修炼者，而且身为炙族的王，他也有责任留在人界保护炙族人，保护整个赤焰大陆。

灵绝想移开大山，看看山下是否有传说中的那口井，井中是否有龙族之王。如果有龙族之王相助，那么改变天道，让那颗会摧毁赤焰大陆的流星改变方向坠入苍茫大海之中，也不是没有可能的。

在灵绝调查怪山的时候，他派出的人同时也向他汇报了童千的情况。关于童千这个异样的修炼者，灵绝以前也听说过。不过在灵绝眼里童千完全是个怪胎，可惜了天生的本领，却只会捕捉灵兽献给王族换取养家糊口的钱财。抛开赤焰国国王的身份，单就作为修炼者来说，灵绝觉得如果自己是童千，那么捉到了灵兽一定不会献出。灵绝之所以能够修炼得那么快，应感谢童千献来的那些灵兽的鲜血。如果那些鲜血被童千自己享用了，那么以童千特殊的体质，现在没准儿已经在三重天之上了。

但是不管有多嫌弃童千的智商，此刻作为赤焰国的国王，面临着赤焰国将被毁灭的命运，他觉得他是需要童千的帮助的，同时他觉得作为赤焰国的国民，童千也不会拒绝帮助国王的。

面对未知的怪山和未知深井中的怪物，灵绝并没有绝对的信心可以征服它们。关键是他输不起，他若出事了，影响的就是整个赤焰国；而童千出事了，影响的不过是一个猎户的家庭。

虽然人界的灵兽都不可能是灵绝的对手，可是万一这灵兽来自人界之外呢？既然那飞来镇压它的流星是天界之物，那么深井中若真有龙，没准儿也是天界来客。

④

龙族

天界的统治者为龙族，龙族的守护者为天龙星的化身龙之道，龙之道在修炼至三十二重天之时，触动了天劫，惊醒了沉睡万年的灵帝，灵帝是天地万物的缔造者同时也是天地万物的主宰。他罚龙之道到人界悔过一千年。龙之道担心他不在之时，势力仅次于龙族的蛇族会攻击龙族，夺取天界统治者的位置。于是他下界之时击毁了蛇族的守护者蛇灵的居所天蛇星。

天蛇星坠毁，蛇灵转世。名叫童千。一切看似偶然，却早已在千年前就埋下了伏笔。那怪山原名叫小天龙星，怪井中住着的便是天龙星的守护神龙之道。蛇族的修炼者为了阻止龙之道回归天界，击毁了小天龙星，折损了龙之道的飞翼。

龙之道潜心在井中修炼，待炼好了飞翼，千年期满，他就可以重回天龙星做天界的主宰。但如果他没有能够按时归位，天龙星长期无主守护，就会自动寻主，寻主的结果就是天龙星坠毁在赤焰大陆上，在赤焰大陆灰飞烟灭的同时，龙之道也需要再修炼十万年才能重回天庭。

童千一次又一次的浴火重生之后已经完全忘记了自己蛇灵的身份，所以当灵绝让他带人挖开怪山寻找怪井之中的灵兽时，童千不但没有担忧，反而开心极了。奉王族之命开山可比他自己开山轻松多了，整个赤焰大陆上的力量他都可以以王之命调动。虽然怪山坚固且庞大，却也抵不住人界的修炼者齐聚一处开挖。

与此同时，蛇族的长老们心急如焚，因为只有小天龙星可以暂时困住龙之道，大天龙星只能等时间到了才能自行坠毁。如果提前移开了小天龙星，让龙之道顺利回归天庭，蛇族必然要为当初击毁小天龙星付出代价。虽然是龙之道伤害蛇灵在先，可谁让龙族是强者呢？在修炼者之间，没有道理，只有强弱。所以蛇族长老必须赶在小天龙星被挖开之前唤醒童千过去的记忆，让童千为了蛇族的利益竭力阻止龙之道回归天界。

只要童千被唤醒，以蛇灵的力量足以和人界的王族抗争。届时不是蛇族胜利阻止龙之道回归，蛇族成为天界主宰，就是灵绝成功帮助龙之道回归，赤焰大陆逃过毁灭之劫，龙族继续做天界的主宰，蛇族可能会被逐出天界。

⑤

天龙星

整个赤焰大陆的修炼者齐聚怪山，童千一声令下，大家一起施展本领，开山劈石，隔空移物，第一天进行得非常顺利，怪山被挖掉了四分之一。

但是到了第二天，事情就不妙了，只要他们一动工，天就降雨，而且是暴雨，再加上狂风，搅得人族的修炼者完全不能施工。等他们一停工，天马上就放晴了。如此反复几次，傻子也能看出来是有人在捣鬼了。

无奈之下童千只好向灵绝请示，让灵绝拿个主意，灵绝作为能出入第一重天的修炼者，踩上九连云跑到天界一看，差点儿吓出尿来。

三重天以下，聚集了不计其数、五颜六色的蛇，三重天以上，又聚集着不计其数的龙。蛇族在和龙族较量法力的同时，又有一部分蛇在观望着地下。灵绝俯身一看，他们观望的地方，正是怪山的施工现场。

这样的场面灵绝有生以来还是第一次看到，一时间拿不定主意，看到天边有个兔子在观战，感知了下那兔子的实力并不强，于是灵绝就凑过去，问那兔子发生了什么事。

兔子说："龙蛇两族在争天界的主宰，但是如今龙族的守护者和蛇族的守护者都在人界。所以一时间强大的龙族也无法灭掉蛇族，但是你看着吧，再耗上个把月，蛇族肯定完蛋。”

灵绝听了此话松了口气，龙蛇交战，跟自己没关系。但是转念一想：“兔子说龙族和蛇族的守护者都在人界。”于是忍不住就问：“你说龙族和蛇族的守护者都在人界，他们跑到人界干什么？”

“这个说来话就长了，也正是因为他们在人界，所以蛇族才敢铤而走险和龙族公开对抗，因为蛇族也有张底牌，那就是只要再熬上一个月，前三重天如果还是被蛇族占据着，龙族的守护者就无法归位，到时候天龙星会自动坠毁，龙族将持续十万年没有守护者守护。而蛇族的守护者再在人界修炼两百多年就可以归天，到时候天界的主宰，必然就是蛇族了。”

听到天龙星坠毁，灵绝心里咯噔一下，那天龙星可是天界九大行星之一，面积和赤焰大陆对等，这样一颗星星坠毁，要是坠落在赤焰大陆上，那赤焰大陆的一切都得灰飞烟灭啊。那传说就变成真的了。

看戏的变成了戏中人，灵绝出了一身冷汗，接着问道：“那蛇族和龙族的守护者，此刻不会是在赤焰大陆吧？”

兔子说道：“正是在赤焰大陆，现在赤焰大陆之王只能派人挖开压制龙族守护者的小天龙星。说来好笑，他派的那个人正是蛇族的守护者。只因蛇族的守护者还未被唤醒，所以此刻他等于是在干损己利人的事。看样子蛇族是无法腾出人手去唤醒蛇灵了，只能搞点儿风雨阻止蛇灵挖开小天龙星。”

灵绝听完兔子的话，联想到那些传言和人界的情景，基本上明白是怎么一回事儿了，也知道自己作为人界之王该干什么了。

不管龙族和蛇族的争斗孰是孰非，他此刻只能站在人族的立场，考虑赤焰大陆的命运，无论如何他也要帮助龙族的守护者归位，那样天龙星就不会坠毁，预言就不会成真。

⑥

人界

灵绝回到人界，做的第一件事就是去请其他六大陆上修炼者中的佼佼者，齐聚赤焰大陆，拯救赤焰大陆上的一切生灵。

虽说赤焰国和其他六大陆的国家时常有战争，但是这并不碍修炼者的事儿。站在修炼者的立场，如果赤焰大陆被天龙星毁了，那赤焰大陆上的一切灵药、灵兽以及绝妙的修炼之地就都没有了。那对人族修炼界来说是非常大的损失，在人族的未来面前，国与国之间的争斗便没那么重要了。所以没用多少时间，其他六大陆的修炼者就都赶到了怪山下。

其他六大陆上都没有一个大统一的国家，分散的小国让修炼者更加自由，所以论实力，这六大陆的修炼者是远胜于赤焰大陆的修炼者的。他们一来，蛇族的干预就迎刃而解了，一半人隔开天与地之间的风雨，另一半人把真气汇聚到一起，直接将怪山炸成了两半。

怪山被炸开的那一刻，所有人眼前一亮，耳边一声凄厉的龙啸，一条雪白的长龙从地底直冲九重天上。长龙飞天之后，天地间一片澄明。

灵绝跟着上了天，入眼处全是蛇族的伤残者，有些表情狰狞，有些奄奄一息。想到造成眼前这一幕，自己也脱不了干系，灵绝心中有些难受。同为修炼者，同样是为了追求天外天，何苦要自相残杀呢？

不过这一切对灵绝的触动比起童千来说微不足道。在白龙冲出地底的那一刻，童千的脑袋里被封存的记忆一幕幕地不断闪现，龙之道这个老相识他是不管浴火重生多少次也忘不了的。

想到当年是自己留下遗言让族人击毁小天龙星阻止龙之道归位的，如今又是自己带人挖开小天龙星让龙之道归位。可见冥冥之中上天早已安排好了一切，自己到头来不过是三十六重天外劈天那个人的玩物。可是实力不济，又能怪谁呢？更何况还有人族帮助龙族，蛇族本来就不可能是他们的对手。想到这些，灵绝便释然了，他还有二百多年的修炼期限才能归天，在接下来的二百多年里，龙族要怎么处置蛇族，他是一点儿办法也没有的，只能在人界为蛇族祈福了。

让他郁闷的是，自己的族类面临着未知的命运，人界之中却是一片欢腾。赤焰大陆顺利从 1365 年跨进了 1366 年。关于世界末日的预言就这样破灭了。灵绝给赤焰国百姓放了个长假，庆祝赤焰大陆逃过一个大劫。各家各户欢天喜地，童千的父亲铁臂童也高兴极了，因为在他看来，是儿子带人挖开了怪山，拯救了赤焰大陆，儿子是赤焰国的大功臣。虽然国王灵绝没有奖赏儿子这一点让他有些小不爽，但乡邻们送来的堆成小山一样的礼物彻底化解了他的不爽。他给童千也放了个长假，还给了童千一笔钱，让童千去远方旅行一圈，长长见识。

童千告别了父母，告辞的时候虽然说只是去一下临近的大陆，过两年就回来，结果是一去二百年渺无音讯，二百年后，童千归天，铁臂童夫妇早都化作了尘烟。

⑦

龙之道

归天之后，龙族天王问龙之道为什么非但没有处置蛇族，将蛇族完全赶出天界，还专门给蛇族指派了一个修炼场所。

龙之道说："我在天井之中悟道千年，所得甚多。当初我下界之时，就不该担心蛇族的威胁去攻击天蛇星。有蛇族这个威胁的存在，我们龙族才能更加努力地去修炼。如果把蛇族赶出天庭，那么龙族的子民失去了威胁，必然会越来越懒散。为了龙族着想，蛇族是不能赶走的。更何况我归天之时已经给了蛇族重创，如果做得太过分，惊动了灵帝，对我们龙族就不利了。"

不过话虽如此，蛇族逃过一劫，作为蛇族之灵的童千归天之时还是去拜访了龙之道，在表达谢意之前，他问了个困惑了他数百年的问题："你为何帮我？如此大恩，我如何报答？"

面对虔心求解的蛇灵，龙之道淡然一笑，说：“你无须报答，看到你，就像看到当年的我，当年我刚入修炼界，举步维艰，一路走来不知道多少人帮过我。我也曾想过报答他们，可是他们现在远在三十三重天之上，我所拥有的一切他们都不稀罕，所以想到报答，我只有一个办法，那就是像他们当年帮助我一样，去帮助那些需要帮助的人。所以若有一天，你做了天界的主宰，你去帮助那些需要帮助的人，就是对我最好的报答。”

三十六重天之上的灵帝长睡醒来闻听此言，淡然一笑，翻了个身，又继续睡了。距离上一次灵帝醒来已经过了万年，天界修炼者原以为灵帝会劈出新的天地来，结果让他们失望了。已经修炼至三十三重天的各族始祖忍不住有些担心，他们怕再修炼下去，很快就会和灵帝共处一重天，到时候若一不小心惹灵帝不爽了，那天下的格局也许就会发生翻天覆地的变化。

CHAPTER 13

元鹤

◇ ◆

①

◇◇◇

奔赴

黑橙大陆到处是骗子和窃贼。

在离开赤焰大陆之前，元鹤的父亲说尽了黑橙大陆的不堪。但元鹤还是头也不回地离开了赤焰大陆。在他看来，世界上任何一个地方都比赤焰大陆好，赤焰大陆是安全，但是规矩太多了，每个人都活得像机器一样，这样的人生有什么意思呢？外面的世界虽然危险，但起码是新鲜精彩的，他觉得不去历练一番，就枉费了造物主赐予他的生命。

可惜刚到黑橙大陆他就有些后悔了，父亲的话不是没有道理的。黑橙大陆是有宝藏，但是更多的是沙子，一望无际的沙漠，偶尔看到行人，也都是遮头蔽脸的，你兴冲冲过去跟他打招呼，人家看都不看你一眼就走开了。

但是已经来了，如果不收获点儿什么就回去，一定会惹来邻里的耻笑。出来之前他可是夸了海口的，必定会衣锦还乡，就算混不成指挥千军万马的将领，也要混成奴仆成群、良田万顷的财主。

元鹤相信自己有这样的能力，他三岁就被父亲淬炼身体，七岁就悟出了灵力的激增之法，如今十年过去，他身上的灵力在整个赤焰大陆都是屈指可数的。

如果不是赤焰大陆如今重文轻武，巅峰修炼者还不如教书先生混得好，元鹤也不会背井离乡来到这大漠之中求取富贵和功名。

②

骗子

黑橙大陆原先是没有沙子的，曾经肥沃的土地上长满了橙树，虽然结出的果子黑漆漆的，但是味道却非常鲜美。那时候黑橙大陆上到处都是往来的客商，在七大陆中虽然不是最繁华的，却也能排在前三位。

黄沙是从大陆边缘的沙滩上席卷而来的，传说是因为大陆上的原住民得罪了灵帝，灵帝一怒之下把这块大陆交给了邪神，邪神卷起万里黄沙，一夜之间吞没了整个黑橙大陆。

大陆上的生灵无一幸免，现在生活在黑橙的，都是外来的淘金客。黄沙掩埋了太多好东西，有些人干脆把家搬到了这里，灵力强大的，更是移山填海，在沙漠中建起了绿洲，长年累月地干着淘宝的勾当。

正所谓工欲善其事，必先利其器。元鹤虽然灵力强悍，但若要在这大漠里横行，还是得靠大漠之舟——骆驼。

元鹤带的钱不多，买不到多精良的坐骑，那匹毛色如雪的汗香骆驼他拿眼睛把玩了半天，还是决定放弃，如果买了那头白骆驼，他就没钱买其他用品了，前路漫长，他必须得省着点儿用。

摸了摸口袋里的钱包，元鹤指了指那头标九十灵币的骆驼。也许是看出元鹤初来乍到不懂行情，卖骆驼的人并没有急着收钱、交物，而是不厌其烦地给元鹤介绍起了骆驼的性能。

他拍了拍元鹤选中的那头骆驼说："大爷您眼光不凡，您选中的这头骆驼，那是百里挑一的驰骆驼，耐力超强，但是有一点不好，就是它得和骋骆驼一起才能发挥出最强的耐力。如果您单买这一峰，那就只能白天赶路夜里休息了。"

"白天赶路夜里休息不好吗？"元鹤从未和骆驼接触过，赤焰大陆都是靠马来载人，所以一听这卖骆驼的人讲关于骆驼的知识，他顿时来了兴趣，他觉得多了解点儿知识总是好的，却不知已经陷入了卖骆驼人的圈套。

"白天如此炎热，骆驼受得了人也受不了，沙漠里都是夜里赶路的。除非是有急事才需要白天行走。"

"你的意思是，我必须得买一对骆驼才行，我看中的这峰能白天走，而白天炎热又不适合赶路，我得给它配个对，它才能走得更快更持久对吧？可是我只有一个人，买一对太浪费了啊，我也没那么多钱。"

"所以我才跟您提建议，您看旁边这峰，这峰鲤骆驼，日用夜用都可以，而且性能不比驰骆驼差，最适合一个人用。只不过在价格上稍微贵了那么一点点。但是您是我今天做的第一单生意，我可以给您打八折，算下来也就和驰骆驼差不多了。”

“可还是比驰骆驼贵了一些，我没准备那么多钱啊。我还要买遮挡风沙的生活用品。”

“那些生活用品用不了多少钱，在沙漠里行走，关键是得有一峰适合自己的骆驼。您买了这峰鲤骆驼，我可以送您一些遮挡风沙的物件，不过您可得抓紧了，那边的大爷也在选骆驼了，他要是先付钱了，那八折的优惠就只能让给他了。这骆驼生意不好做，只能给第一单优惠。”

“得嘞，我就听你的，买了这峰了。”

付了钱，拿了物件，元鹤翻身上了骆驼，朝大漠深处走去，他要去的是一个叫星城的地方，确切地说是星城遗址，据说那里是最近才发现的遗址，还有太多的宝藏没有被挖掘出来。

③

医圣

走了五里路，骆驼就停滞不前了，任凭元鹤怎么吆喝、怎么驱赶都没用。眼看着身边一峰峰骆驼或呼啸而过，或慢悠悠地晃走。

元鹤心里是深深地体会到了“沉舟侧畔千帆过，病树前头万木春”的感觉。

正当元鹤一筹莫展的时候，一个骑白骆驼的人在他旁边停了下来，围着他的骆驼转了一圈，然后说了句：“你买了这么一峰快要病死的骆驼，是准备往哪里去啊？”

“我要去星城，你为什么说我这峰骆驼是快要病死的呢？”

“星城，哈，哈，哈，你就是买三峰健康的鲤骆驼轮换着骑都未必到得了，沙漠里方位不断随着风沙变化，一般人就是有再好的坐骑都到不了。你这峰骆驼腿细毛长，看样子已经拉了几天稀了。就算你有通天的本领，骑这样的骆驼，也前进不了十里了。”

“糟糕，还是被骗了，老爹说得没错，黑橙大陆上全是骗子和窃贼。”元鹤一脸的沮丧，但随即回过神儿来，对着白骆驼上的人问道，“那依你看，这骆驼还有得治吗？”

“当然，不然我也不会跟你搭讪，算你走运，遇见了我，天下只有我一人能让这骆驼起死回生。”

“您是？”

“妙手医圣赛华佗步应愁！”

“不应酬？没听说过。”

“你小子一看就是初来乍到的赤焰人，当然不会听说了。”

“你说对了，我是从赤焰大陆来的，是刚来没多久。不过这不重要，你快说说，这骆驼怎么才能治好？”

“喂它一粒我特别烧制的丹药就好了。”

“这么简单？”

“当然，不过我治好了你这骆驼，你拿什么回报我？”

“我已经身无分文了。”

“除了钱你就拿不出别的了？”

“我武艺高强，可以以一敌百，如果你遇到仇家，我可以帮你退敌。”

“那就这么说定了，我也是要去星城的，你不知道路，刚好可以跟我去，路上遇到什么风险，就由你来解决。”

“没问题，就这么愉快地决定了！”

元鹤刚刚还在恼恨那该死的卖骆驼的骗子，一看骆驼吃了药丸就迈腿准备走了，顿时眉开眼笑。真是“塞翁失马焉知非福，塞翁得马焉知非祸”。买了个快病死的骆驼确实够倒霉的，但如果不是这病骆驼，也就没法认识这个“赛华佗”了。不认识“赛华佗”，自己不知道路，在沙漠里一通乱闯，还真不知道何年何月才到得了星城。

④

再次被骗

看着少年如此单纯，步应愁的心中倒有些不忍了。其实他也不喜欢骗人，只是在这黑橙大陆上，你不骗人，就要遭人骗。到处都是骗子，防不胜防。而且你被骗了也没地方说理去，只能自认倒霉，加强防范。这里除了黄沙就是淘金客，一切凭实力说话，少年固然可以回去把那骗子杀掉，可是杀掉了又能怎么样？依这少年的心性，他接下来还是会被骗。难不成他能把所有的骗子都杀掉？

想到这里步应愁也就心安了，反正这少年不被自己骗也会被别人骗，既然如此，自己下手，也许还会给他留条活路。而且自己那骗，也是没有多少恶意的骗。

少年要去星城，步应愁是要去落城。此刻星城强者如云，少年就是侥幸到那里拿得宝藏，也未必能活着回去，毕竟在大漠之中，诡计有时候比武力更管用。

而如果少年真能随自己到落城解决了那个大麻烦，他说不定也真会陪少年去一趟星城，那里的宝藏，他步应愁也是垂涎已久了的。当然，前提是他的麻烦得到彻底的解决。

元鹤跟在步应愁的后面，只能看到步应愁的背影，自然猜不到步应愁在想什么。如果让他知道自己刚从沟里跳出来又跌进了坑里，说不定真要抓狂了。不过就算是他驱赶骆驼和步应愁并排行走，隔着厚厚的挡沙布，他也看不清步应愁心里打的小算盘。毕竟他只是个心地单纯的少年。他父亲说得对，在赤焰大陆他横行无敌，那是因为赤焰大陆的人讲规矩、爱名誉、不耍诈。离开了赤焰大陆，在其他几个重利轻义的大陆行走，元鹤的未来，十分让人担忧。再强的武功，恐怕最后都会给人当枪使。

回头看看自己走的脚印，才发现已经走了很远很远，太阳晒得人有些晕眩，虽然元鹤的体力还没有动用十分之一，可是这漫长无趣的走法让他有些心烦意乱了。前后都是无尽的黄沙，自己渺小得像一粒沙子一样，这样的经历和他在赤焰大陆的家中梦到的一点儿也不一样。这时候他本该在离家不远的小溪中玩水的，如果不是有了该死的理想，怎么会跑到这鬼地方来。

在元鹤的梦中，旅途是充满了刺激和风情的，有时候还会遇到漂亮的姑娘，发生一段露水情缘。梦中没有黄沙，梦中到处是青山绿水、英雄佳人。

早知道冒险比在家还无聊就不出来了。正这样想着呢，转过了一座沙丘，前面出现了一片绿洲。这种绝处逢生的惊喜，再一次让元鹤眉开眼笑。

“我们在这里补充下体力和用水，让骆驼也休息下喝点儿水。”步应愁翻身下了骆驼，对元鹤说道。

“你到星城干吗？也是寻宝？”坐下来休息的时候，元鹤看到了厚布后面步应愁的脸，已经干枯、苍老得不行了的一张脸，像是一片干死的树的叶子，“这么大年纪了，早该看破一切找个地方颐养天年了，还到这荒漠里来干吗？”元鹤感到十分好奇。

“我去找一个人。我必须找到她，并且带她回去。”

“是你的什么人啊？”

“这个你无须知道，你只要帮我击退那些阻止我带走她的人就可以了。”

“我觉得你还是告诉我比较好，虽然我答应的事情会做到。但是你这样瞒着我，难保我到时候不会尽全力啊。”

“时机到了，我会告诉你的。”

倒不是步应愁不知道怎么圆谎，他虽然不是去星城，可是此次出来，他真的是要找一个人，并且带她回去。

⑤

绿洲

落城是大漠中面积最大的一块儿绿洲，和被黄沙掩埋的星城刚好呈相反的方向，行进了七天七夜之后，一片广阔且沉静的湖泊出现在元鹤面前，如果不是身后仍旧是黄沙漫天，元鹤还以为自己来到了另外一个世界。

能在绿洲之上建起一座城来，可想这绿洲有多大。在绿洲南部的百丈原上，盗门少门主千天游正在指挥门徒搬运他们从各地偷窃来的货物，盗门的门徒遍布在彩虹世界的每一个有人烟的地方，门徒之广仅输乞门，远超千门。这落城正是盗门的大本营，同时也是储存盗门所盗物品最大的仓库。

在千天游的旁边，站立着一个长发白衣的女子，清秀的面容中带着一抹忧愁，看着忙东忙西的丈夫，她几次张开口，却欲言又止。她不是别人，正是“赛华佗”要找的医门大小姐步染。血脉之源已经让她感受到了父亲的气息。她想要提醒丈夫带她躲起来，可是想想已经躲了七年了，再躲下去也不是办法。而且多年未见，她也很想念父亲。

“离星城还有多远啊？”元鹤将水袋中灌满水，又给骆驼喂了盐巴和食物。看着步应愁皱起的眉头，元鹤心里觉得有些异样。

“快到了，在这里休息一夜，明天我们就可以去落城了。”步应愁长出了口气，他已经感受到了女儿的气息，总算没有白跑一趟，这该死的沙漠，他可不想来第二次了。他这把老骨头，也来不了第二次了。

“去落城？不是到星城吗？”

“到了这里我也不用瞒着你了，星城在另外的方向，我带你来这里，是要你帮我击败一个人。然后我就带你去星城。”

“你之前都是在骗我？你和那卖骆驼的一样是个骗子？”

“你如果这样想我也没有办法，但是我希望你知道，只有靠我的天星辨位之法，才不会在沙漠中迷失方向。而且你作为一个出来历练的修炼者，如果不遇到合适的对手切磋，进步是非常难的。我给你找到的人，不但能让你灵力大增，还可以让你名扬七大陆。”

“那是我战胜了。如果我败了，岂不是只有一死。”

“作为一名修炼者，死在战斗中是光荣的，总比守着灵力老死强吧。”

“你说得没错，你这个老骗子，我虽然被你骗了，可是并不恨你，只要你告诉我你要找的人是谁就行了。”

“看到前面站在人群中的黑衣年轻人没有，你要替我杀的人就是他，我要带走的，就是他身边的白衣女子。”

⑥

决战

身后渐渐逼近的死神气息，让沉寂在公务中的千天游浑身为之一振，转过头来，他就看到了那张他这辈子最害怕面对的脸。曾经那是一张多么光彩夺目的脸，这张脸所属的身体拥有天下无二的绝妙医术，如果不是女儿被盗走，凭借那六字驻颜方，再过一百年，这张脸也不会苍老到如此地步。

“没想到隐居在这大漠之中，还是被你找到了。”

“你放了步染，我可以考虑不杀你。”

“我从未阻止过步染离开我，你问问步染，她愿意跟你走吗？”

千天游这辈子最对不起的人就是步应愁，他觉得自己做的最错误的事情就是去盗取步应愁女儿的心。但同时，他这辈子做的最成功的也是这件事。他把目光投向步染，眼里满是疼爱和不舍。

“爹，你就成全了我和天游吧。”步染不忍心看父亲的容颜，但她更舍不得的是心爱的男人。

“孩子，他是一个贼，你跟他在一起，不会幸福的。”

“我是否幸福我自己知道，我的人生我想自己做主。”

“如果我一定要带你走呢？”

“您不要逼我。”

“你打算如何？”

“如果您一定要带我走，我就只能死了，我的生命是您给的，您一定要收回，我也没有办法。”

“如此，我便只能动手了。”步应愁冷笑一声，转头对元鹤说道：“杀了天游。”

“是你女儿不愿意跟你回去，杀他有什么意义？”

“杀了他，步染就没有任何念想了，只能跟我回去；杀了他，我就带你去星城。”

赤焰大陆不许修炼者随意杀人，元鹤一直想靠和人以死相搏来提升灵力，如今终于来了机会，他拿眼睛看了看天游，心里想的是杀了这个人之后，自己会不会自责，天游旁边的女人会不会悲伤。

“想杀我，没有那么容易，你有什么本事尽管使出来。我正想找一个不怕死的练练七绝神弓，就算你不是替我岳父大人卖命，我也会取了你的性命来做我的弓魂。”天游被元鹤看得很不自在，于是便抛出这番恶狠狠的话来。

“我不想你们任何一方受到伤害，如果你们真是为我好，就请尊重我的选择。”步染依旧想靠语言来调解双方的矛盾。

“我们都是修炼者，如果今天不能以武力说服对方，那么念头就会不通达，修炼便将就此止步，所以事情发展到这里已经和你没有关系了，我必须击败他。”元鹤抽出了背上的离魂剑，将灵力注满剑身，一招通天彻地蓄势待发。

“没错，如果我不能击败他，如果我是靠乞求来获得你，获得你父亲的准许，那么我余生都不会快乐。就让我们决一死战吧，胜则我们快乐地生活，若我败了，你就跟父亲回去，遇到好人再嫁便是，不用顾忌我。”千天游安排好了后事，不等步染回答，就抽出离魂弓，四支绝命箭对准了元鹤，撒手便射。

元鹤平地飞起十丈高，躲开上下左右四支箭，正要施展通天彻地，突然间又有三支箭分上、中、下三路袭来。

眼看身体悬在空中，靠身形已经是躲避不过，只能用剑势来化解，两人的灵力初次交锋，只听一声龙吟，远处的黄沙、近处的湖水，都荡漾了起来。

离魂剑中的龙魂已经被唤醒，元鹤知道今天不杀生是无法让龙魂安睡了，虽然他并不想要了对手的命，可是战局已成，胜败已经远大于生死。死了不能怪任何人，只能怪自己技不如人。一念至此，一招龙道九天对着千天游的面门以灭绝之势压下。

面对如此凌厉霸气的剑势，千天游知道自己在劫难逃。索性也不再躲避，临死之前，他把头转向步染，想要把步染的样子深深地刻在脑海里，好在下一世再遇到了不会错过。他口中发出的最后四个字是：“来生，等我。”

“我”字刚出口，千天游的身体就被剑气劈成了两半。见此情景，周围的盗门门徒纷纷围了上来，作势要为少门主报仇。

看着最爱的人死在自己面前，步染泪如雨下，说了句“我今生就随你去”然后拔出发簪就要自尽，关键时刻步应愁出手了，看不见他是怎么出手的，其身形快如闪电，瞬间就取了步染的发髻同时点了她的昏睡之穴。

元鹤看得目瞪口呆，心说：“你有如此本领，何苦还要拉我来这个地方蹚浑水。如今得罪了盗门，我到哪里都不得安生了。”

⑦

离别

虽被众人围住，元鹤的脸上却丝毫没有惧色，人越多越好，他正想杀个痛快，反正杀的都是窃贼，正好拿他们的命冲关，也许杀光了这些人，自己就可以突破障碍，遨游于天际了。

不过身为医圣的步应愁却并不想滥杀无辜，他对着周围的人扫视了一遍，眼睛里发出异样的光芒，被光芒扫射到的人，像失了魂魄一般，自动让出了一条路来。

“妖术，妖术。”元鹤喃喃自语。暗想着：“这老头其貌不扬，本领却是不小，如此大的本领，当初他女儿是怎么被盗的？”正想着，突然听到步应愁呼喊，抬头一看，老头肩上扛着女儿，骑在骆驼身上已经走出好远了。

元鹤连忙追去，追上之后元鹤忍不住好奇地问道：“为何不把步染放在骆驼上？你扛着多累。”

“那样会累坏了骆驼，它驮着我就够了。”

“可是步染在你身上，骆驼驮着你，还是等于驮了两个人啊。”

“但是骆驼不那么想，它只是觉得我变重了而已。骆驼的心理和人是不一样的。年轻人以后行走江湖，不要只拘泥于你眼睛看到的，要多用心去体会。这世上障眼之术太多，稍不留神就会被蒙蔽的。”

“您当年就是被蒙蔽了眼睛所以才失去了女儿吗？”

“当年的事情就不要再提了，说说现在吧。再往前走三天就到了汉河，我要带步染回去医治，只能送你到那里，沿着汉河走你就能到星城，不用担心迷路，我会教你天星辨位之法。不过我现在倒是更想你跟我回医门，我想传授你一些医门绝学。等到学成了你再去星城，收获会更多。如果你贸然前去的话，恐怕是凶多吉少，就算得了宝物，也会被那些在暗中盯着你的盗门中人窃去。”

“星城我是一定要去的，不然念头不会通达。凶多吉少更好，正好锻炼了我，一帆风顺倒不是我希望的。这就是年轻人和你这老年人的不同之处，你凡事求稳妥，本领够强了还要拉上我做助手，而我爱冒险，明知道是龙潭虎穴，我也要去闯上一闯。就算不幸被盗、被骗、被杀，那也只能怪我技不如人，怨不得别人。”

“你去意已决，我再劝也是枉然，只是可惜了你小小年纪，就这么陨落了不值得，不过你天格里有异数，也许能逢凶化吉也说不定。如果你侥幸活着走出星城，一定记得去医门找我，我定当温酒以待。”

“就这么愉快地决定了。你快快前面带路，到了汉河我就去星城寻宝，寻到了宝物我就去找你学艺，到时候你可别藏着掖着啊。”

“定当倾囊相授！”

回途是轻车熟路，走得十分畅快，两人在汉河作别。作别时步染仍旧沉睡不醒，元鹤本想关切地问问，后来一想步应愁贵为医圣，这点儿小问题应该不会有事。只要洗去步染的记忆就可以了，到时候步染会彻底忘掉千天游的存在。以步应愁的性格，如果自己表现好一些，也许他会把女儿也倾囊相授，想到这里，元鹤再一次眉开眼笑。

CHAPTER 14

■ □

云族

①

◇◇◇

进化

绿荚大陆第 5920 年，由海中的飞鱼族进化而成的云族人已经统治这片曾经人迹罕至的大陆九百多年。擅长潜水和踏云飞行的云族人讨厌陆地上的尘土，他们引来外海之水，让陆地深藏在水面之下，绿荚大陆上过去那些食人植物，因为照射不到阳光而死去大半，剩下的躲在水底，大都转变了基因，以食水鱼为生。

云族人口稀少，但因为不是修炼者也擅长飞天之术，再加上曾经太多人命丧绿荚大陆上的食人植物之口，虽然野蛮的植物已经罕见，但恐怖的传说仍然笼罩在彩虹世界的各个角落，所以即便云族弱小也很少遭到其他大陆族类的侵略。

少数的云族人又分为十七个云舵，散布在绿荚大陆之上的水面上。他们在船上生活，在其他大陆都发明了车、马等交通工具的时候，他们除了踏云之外，都是靠大大小小的船只来行走各地。在和其他大陆交往的时候，云族人常以莫名的自信说出一些耸人听闻的预言，比如大陆终将被水淹没，未来的世界是属于船只的。

云天是云族众多的出租船夫中的一员，十九岁在父母的安排下成了婚，今年才三十二岁，已经有了五个孩子，其中最大的孩子叫云里，今年已经十二岁了，和其他孩子的不同之处是，云里虽然出身于最低贱的云族家庭，却有着最高贵的云族人的喜好，别的孩子生来都是对船上船下的东西感兴趣，他却生来就喜好研究云朵和星象。

虽说云族人都会踏云飞翔，但那只是遇敌时的一种躲避方法，非常耗费体力和生命。传说踏云飞翔一天，要折损一个月的寿命，所以虽然有这天赐的神术，云族人却并不经常运用，毕竟浮云之上全是修炼者，一般人是承受不了修炼者的清苦生活的，芸芸众生，还是喜欢云朵之下的俗世生活。

②

出租船

云天的梦想是成为一名出租船行老板，拥有无数的出租船，让无数人给自己打工。要成就这一梦想，首先要做的就是赚钱，先摆脱自己卑贱的打工者的身份。所以在云里满十二岁之后，云天就开始教他开船和捕鱼之术，希望云里能在十五六岁的时候跟自己一起靠开船捕鱼赚钱，有儿子的帮忙，云天相信自己能在三十岁之前拥有五艘船，然后其他儿子也长大了，最多十五年，云天觉得自己就能实现自己的梦想。

可惜云里天生不是做船夫、渔夫的料，让他开船，开到深海里一天，晚上回来带回的钱连交船租都不够；让他捕鱼，他捕一百条，总要放生九十条，小的放生，母的放生，留下的全是老弱之鱼，味道极差，拿到市场上也卖不出好价钱。

为此云天没少责罚云里，可这孩子就是不争气，越是责罚抵触情绪越大，最后把云天惹急了，就把船丢给云里，说道："你今天开着船出去，要么多载一些人赚一大笔钱回来，要么捕一些大鱼回来，倘若你再空手而回，我就把你送到赤焰大陆去，跟着你舅舅学打铁。"

赤焰大陆的铁族人身体里有火系属性，生就不怕火，而云族人体内是水系属性，遇火则熄。让云里去学打铁，等于说是让他去送死。虽然完不成任务云天未必舍得让儿子去送死，但云里毕竟只有十二岁，父亲在他眼里就像一座无法逾越的山，父亲的话他也从来没有怀疑过，所以云里是带着恐惧上路的。

清晨的绿荑大陆是最美的，生机盎然的植物被即将升起的红日蒙上了一层光，光芒之中还有传说中的守护天神布下的琉璃彩，把船开出二十海里之后，回头可以看见绿荑大陆南岸的全貌，在闪闪发光的琉璃彩之中，云里想努力捕捉到属于自己的那个破旧但是温暖的家。

然而船被父亲设置了自动往返系统，无人控制也会越开越远，云里终究是没有找到家的位置，渐渐地连广袤的绿荑大陆在他眼里也变成了一个模糊的点。一行热泪随着绿荑大陆的消失而流下。

这一次云天也足够狠心的，故意设置了一条以前从来没有走过的海路。虽然船是自动行驶的，按着方位开出后，达到目的地停留足够的时间后会自动返航。但是毕竟是陌生的海域，遇到有敌意的异族人、海怪或者是在深海中待腻了到海面上捕食的植物，也不是没有可能的。

但是因为云族人可以踏云而行，若真有生命危险，弃船入天就行了，最多只是消耗一个月的寿限而已。而且船上除了捕鱼的工具之外，还有各种云族人自制的防身工具。所以安全措施还算完善，云天也不担心儿子会遇到多凶险的事儿，而且他觉得男孩子年少的时候就该去闯荡一下，多历练历练，他自己年轻的时候也曾被云里的爷爷丢到赤焰大陆，花了几个月的时间才狼狈地回到绿荑大陆，不过虽然过程狼狈，却让他长了不少见识，学会了不少东西，整个人也成熟了。这次云天的目的就是希望云里真正能长大、成熟，像个男子汉一样懂得人生的苦难，并有勇气去面对苦难，有办法去解决问题。

③

天蜥岛

云里的最终目的地是离绿荑大陆五百海里的一座蜥族人居住的

小岛，那座岛名叫天蜥岛，岛上的蜥族人擅长织造，他们常常会把织造好的衣物、饰品之类的东西拿到绿荑大陆上卖给云族人。云里需要做的就是抵达天蜥岛，如果运气好载满了客人的话，光是客人给的船费就足够云里上交父亲了。但如果运气不好，遇到刮风下雨的天气，没有蜥族人出行的话，云里就需要在返航的途中捕捉一些鱼类，交给父亲拿到市场上去换钱。

去天蜥岛的路上很顺利，天气晴朗，海面平静。渐渐地云里的心情也从忧虑变得轻松起来，甚至哼起了小时候母亲教他的童谣。

抵达天蜥岛北岸的时候，天空依然晴朗，三三两两的蜥族人正带着货物等在岸边，看到有云族人的船只来，就围上来讨价还价。虽然之前云里也跟随父亲从其他的路线去过天蜥岛的东岸和西岸，见过父亲怎么用蜥族语言和蜥族人交流，但这毕竟是他第一次自己出来历练，本就不太流利的蜥族话，一紧张就更说不清楚了。

有几个蜥族大妈见他年纪小又蛮可爱的，就没有在钱上计较太多，所以云里虽然到得晚，却比其他云族的船只先载满了客。不过说是载满，加上云里也就只有六个人而已。因为大船租金也贵，如果不是云里太不听话，云天本来是要给他租一条可以载十五人的重型船的。

载满客人之后，云里吃了点儿临行时母亲亲手给他做的点心准备返航，这时候出了点儿意外，岸上突然来了一群多赫族人。多赫族人虽然只有天蜥岛各族人口总和的十分之一，但因为力量强大，在天蜥岛上活动的人却都要听从多赫族人的命令，稍有抗拒就会丧命。好在多赫族人志在修炼升天，平时都是聚居在天蜥岛北部的迟茶峰上，很少下山来捣乱。

这一次一来就是几百号人，实在是罕见之至。他们来的目的很简单，就是征收船只，说是他们的族人在海底发现了罕见的灵药，但是守护灵药的异兽非常强大，所以他们才会集体出动，因为它在深海之中，为了保存体力所以他们决定乘船前往。

他们拥有的船只有限，只能来岸边征收。说是征收，其实和强抢没什么两样，说明了缘由，不给一分钱就要云里下船，那些乘客一见这种情形，立刻四散而去。

云里知道抗争不过，但又不愿意白白送他们一艘船，船送出去了，自己不好回家不说，就算耗损寿限回了家，还不得被爸爸打死，不死也得被送到赤焰大陆去。

想到这里，云里强作镇定，对多赫族领头的人说："我是云族人，擅长踏云行走，而且懂得星象八卦，让我和你们一起去吧，遇到意外的情况也许我能帮到你们。"

多赫族的领头人听了云里的话之后哈哈大笑，说道："小子，别以为我不知道你打的什么算盘，是你觉得白送我们一条船太亏，想送我们到了那里之后自己溜掉吧？"

云里说："我哪里敢溜掉，不过我想保住我的船是真的，送你们去之后，我还会把你们送回天蜥岛。"

多赫族的领头人冷笑一声，说道："我劝你还是想清楚，不是我怕带上你麻烦，而是那海中异兽非常凶狠，你跟着去，怕是不但会折损了船，小命能否保住都难说。"

云里说："既然如此凶险，你们为何还要去冒险呢？"

多赫族的领头人说：“我们多赫族是天神的使者，上能斗火凤，下能捉蛟龙，区区一个水中异兽我们还没有把它放在眼里，只不过我们只为取灵药，取到灵药会就地服用，运气好的话可以直接升天，到时候你一个人处在那凶险之地，我们可不会帮你的。”

云里沉思了下说道：“无须多言了，我主意已定，要走咱们现在就走吧！”

多赫族的领头人眉头一紧，说道：“你这小鬼还真是胆大，好，那我就坐你这条船了，其他人，速速找好船只，跟我去取灵药！”

④

遇险

或许是上天也预示到了将有一场恶战，刚离岸不久，原本万里无云的天空突然间乌云密布，豆大的冰雨不由分说地就砸了下来，好在云里的船配备完善，紧急应变装备一启动，敞篷船就变成了豪华舱船。而在紧急应变功能启动的同时，自动往返功能也就自动取消了。坐在豪华舱里，云里心中万分不安。

看着装饰得不错的船舱，多赫族头目皱起的眉头稍微舒展了些，道了一句：“带上你这小鬼看来是对的，不然你们这云族的船，我们还真得学上一会儿才能开。看到左上方刚刚那道闪电没有，朝着那个方位火速前进。”

云里暗骂了一句“鬼天气真倒霉！”心里也想早去早回，于是就把船速调到极限。这船云里也没开过多久，第一次开这么快，让云里莫名地有种快感，因为之前自己开船捕鱼总是慢悠悠的，总有船只超他，虽然他不着急、不生气，但被超久了，能有一次超超别人，对于还年少的他来说也是件痛快的事儿。

可惜这痛快并没有维持多久，云天给云里的船虽然配备了各种装置，但用的都是最便宜、最简陋的装置，上有冰雨击打，下是极限速度，半个时辰不到，仪表盘就响起了警报声，云里还没来得及减速，就听到“砰”的一声，船身裂成了两半。

眼看着裂缝越来越大，多赫族人也着了急，他们虽然是修炼者，上天入地都擅长，可要是把力气都耗费在赶路上了，那到了目的地基本上就等于是去送死了。

随着海水的不断灌入，船速立刻减缓，眼看再不补救船就要沉了，可一时半会儿云里还真想不出什么补救的方法，只能和多赫族头目大眼瞪小眼。半个时辰以前这人还说选择云里是正确的，现在估计肠子都要悔青了吧。

说时迟那时快，云里的船速一减，多赫族其他人乘坐的船只就赶上来了，修炼者换船只需要一个闪转，云里就有些麻烦了。船上还有太多他舍不得丢掉的东西，但如果带着这些东西，其他船只肯定不肯让他上，毕竟超重了船也是会有危险的。

结果在云里犹豫时，那些船只就离他远去了，也是，谁会带上他呢，本来他跟来就是自找麻烦的。

海水已经淹没了云里的小腿，船是必沉无疑了，云里拿出小时候和兄弟们一起玩时用的冲浪板，启动救生装置，冲浪板就变成了一个小盆。云里虽然已经十二岁了，但冲浪板是许多年前的商品，比现在卖的商品质量好很多，浮力也强很多，坐进去不但不会沉，还非常稳。

眼看着多赫族人乘坐的船只离自己越来越远，渐渐地只能看到一个个黑点了，而自己只能在盆子里等待救援，这茫茫大海，这荒僻的海路，三五天都不一定能来一艘船吧。

云里越想越悲观，好在冰雨来得快停得也快，不然再悲观地想一会儿，他的救生盆也得沉。雨停了天空并没有转晴，依旧乌云密布，偶尔还会有闪电。

这时候如果踏云而行，被闪电劈到，也只有一个死。云里望望天，还是断绝了耗损寿命踏云回家的念头。

⑤

天劫

在海面上晃晃悠悠不知道漂了多久，天空终于转晴，但夜幕也随之降临，在海上看夜空比在大陆上要美丽很多，云里待着无趣，就研究起了星象。看了一会儿之后他发现，多赫族人去的方向，正是北斗七星之位。而今夜的北斗七星，好像都在移位，传说北斗移位，是天劫将至的征兆。

云里暗想："自己不会这么倒霉吧，开船遇强盗，坐个救生盆也能遇到天劫？难道真要命丧这茫茫大海之中，连个尸骨也留不下？如果自己死了，远在大陆的父母兄弟，会怎么想自己呢？会不会觉得自己是怕父亲的惩罚而躲起来了？那自己可真是死得冤枉啊！"

想着想着云里心里突然涌入了一股力量，随着这股力量的涌入，周围的气流好像也在发生变化，救生盆漂的速度也在加快，天空中的星星越来越亮、越来越大。

"难道这就是天劫的征兆？"云里想，"既然要死了，不如死个痛快。"从小到大，虽然知道自己的族人都有踏云而行的能力，但是因为有耗损寿命之说，所以他从来没有尝试过，父母也不允许他尝试。

没尝试过但不代表他不会，他不止一次地在海上看到那些被海怪毁了船只，为了逃生不得不腾云驾雾的族人，他们腾空而起的方法和口诀云里早就烂熟于心了。

今天终于有了尝试的机会，云里大喊一声："云羽在天，飞鱼至上！"话刚出口只见救生盆一个剧烈颤动，云里身上的衣服顿时生风，风云变幻之际，云里的身体以闪电般的速度划入天空。一朵绿色的云朵正等在半空中，云里刚稳下身形，云朵就飘入了他的脚下。

踏云而行的感觉奇爽无比，人在空中，看着脚下的一切，刚才还沮丧的心情顿时烟消云散，云里第一次有了万物不过如此，命运在自己手中的想法，以前种种的束缚和压力都随着升天而消失，取而代之的是前所未有的信心和勇气。

看着远处快速移位的北斗七星，云里心里突然产生了赴险的念头。他心想："如果不是这破船，此刻他应该正在观看多赫族人和水中异兽的战斗，那可能是他这一生能看到的最激烈的战斗，可就因为船太破给错过了。如今自己既然已经破了父母的禁令升天了，既然随时有丧身天劫的危险，何不在临死之前饱饱眼福。"想到这里，云里对着旋转的北斗七星，念了一声"灼！"脚下的云朵便如流星一般飞向云里要去的地方。

⑥

水中异兽

云的速度远胜过船，但毕竟云里在救生盆里犹豫了太久，等他赶到那片海域的时候，战斗已经结束了，海面已经被染成了红色，多赫族人的残体遍布海面，不断有觅食的鱼在海上争夺。

但是在红色海面的中央，鱼儿们好像畏惧着什么，故意躲避成了一个圆。云里降低了云朵的高度，这才看清，圆圈的中央，有一条巨大无比但叫不出名字的怪鱼，正瞪着一双大眼看着云彩中战栗的云里。

一开始云里之所以没有发现这条怪鱼，一来是因为他看到战斗结束，放松了警惕；二来是怪鱼把身形藏在水面之下，只露出两只眼睛，又一动不动的，若不是靠近，很难看清。

等看清楚了，云里便知道：自己怕是逃不掉了，那么多的多赫族人都死了，就足以说明，在怪鱼的攻击范围之内是没有人能逃掉的。但怪鱼为什么不立刻吃了自己呢？正迷惘的时候，那怪鱼突然仰天长啸了一声，对着云里说道："胆大妄为的异族人，别躲藏了，快下来受死吧！"

听到这怪鱼的声音中带着痛意，云里心里稍稍稳定了点儿，看来刚才搏斗的时候，这怪鱼也受了重伤。也难怪，那么多的多赫族修炼者，再强大的对手，也不可能全身而退。

"但多赫族人毕竟都被消灭了，怪鱼虽然受了伤，却不代表它拿自己没有办法。"想到这里，云里也不敢犹豫了，之前都是犹豫坏了大事。他快速地在云里说道："我不是来夺灵药的，我只是个船夫，他们强行征用了我的船，我跟着来只是想把我的船开回去。可是半路上我的船坏了。我……"云里说到这里才发现说漏了嘴，船坏了自己还跑到这里来，分明就是图谋不轨啊，犹豫不决坏事，不假思索更坏事啊！

情急之下云里突然瞥见远处有几艘船，无人驾驶的船，大概就是多赫族人开来的，于是他马上说道："船毁了我回去没法跟爸爸交代，就跟着来了，我想等多赫族人死掉了，把他们强行征收来的船开一艘回去，反正这些也是不义之财，你也不会不让我取吧？"

怪鱼冷哼了一声道："你真的是只为船，不为药？"

云里说："当然，我是船夫，不是修炼者，给我药我也不会用的。"

怪鱼说道：“不是修炼者，你怎么能待在云朵之上？”

云里说：“我是云族人，天生可以踏云而行的。”

听到“云族人”三个字，怪鱼身形一动，前身跃出水面，尾巴还在水里，头已经探到了云里面前。云里大骇，以为怪鱼要吃了自己，结果怪鱼只是打量着自己，像是检查身体一样把云里从头到脚看了个遍，看完后还闻了闻。

在云里以为怪鱼要张口吃了他的时候，怪鱼身形一闪，又回到了水里。在怪鱼出水入水的瞬间，云里看到了怪鱼身上深不见底的一道伤痕，似乎还在慢慢渗血。

“果然是云族人，你既然能来到此地，就说明和灵药有缘，我也不能让你白来一趟，这灵药就交给你吧。我刚才受了重伤，已经没有办法再守护灵药，我会传授你飞鱼族绝技，让你有足够的能量御敌。”怪鱼说出这样一番话来，让云里心里一沉：“这怪鱼是在考验人吗？想试试自己是不是有贪念？然后再决定如何处置自己？”云里听得一头雾水，但想到自己还在险境，连忙回答道：“我真的不是修炼者，不需要灵药的，你只要不杀我，让我开走一艘船就行了。”

怪鱼说道：“这灵药本就是你们云族人的，你年纪太小，很多事情不知道，数万年前，飞鱼族得到守护天神的恩惠，蜕去鱼皮化身为人，离开大海登陆绿荑大陆，成为了统治大陆的云族人。同时也有一批飞鱼族眷恋大海，不肯登岸，我便是其中之一。也幸好我们没有登岸，因为上岸后不久，在天空之上的龙族看到云族人越来越强大，怕云族超越了龙族，就常常来攻击云族人。云族人虽然有离地升天的本领，但是刚入修炼道，完全不是龙族的对手，损失惨重，最终在守护天神的干预下，龙族停止了进攻，条件是让守护天神封闭云族人的飞翔之心。让云族人在心中对飞翔产生恐惧，觉得飞翔是损耗生命的事情。这样就能有效地抑制云族人修炼。久而久之，云族人就变成了最普通的人类，只知生育和生产，完全不知天外之事。

“我们这些生活在深海中的飞鱼，虽然可免受龙族进攻之苦，可毕竟是逆天的存在，无法繁衍下去，可是我们又不愿意登岸做一群没有任何法力的云族人，久而久之，当年留下的那些飞鱼，就只剩下我了。我这些年行遍烟波海，访遍七大陆，终于在赤焰大陆守护天神那里，求到了一盒灵药，这灵药可以解除云族人被封闭的智慧和力量，云族可以借此越来越强大。”

看着怪鱼滔滔不绝地说了一堆话，云里忍不住插了句：“你说这么多和我有啥关系，我只想开条船回去。”

怪鱼说：“你既然来到此处，当然就和你有关系了。云族人因为被蒙蔽了心智，除非逃生否则不敢踏云，而我得到灵药之后，就被龙族设法困在这片海域了。我不能把灵药送出去，云族人又不会踏云前来，所以如果不是你跑进来，那么虽然有灵药，云族人也得不到解救。”

云里听到这里才算明白，原来这位怪鱼老祖先，是希望自己做云族人的救世主，让云族变得强大起来，云族人曾经那么牛，现在整天就知道开船、卖鱼、生孩子、造房子，确实挺没出息的。可是，龙族那么强大，那灵药一旦被带出去，难保不会给云族人带来灾难啊。

怪鱼看穿了云里的心思，接着说道：“龙族虽然有法器可以观察到云族人的动向，可是在这片海域，他们只能困住我，却监视不到我。而你体质超凡，我把毕生的修为传授于你之后，龙族轻易也奈何不了你，你可以先开启一部分你熟悉的云族人的心智，和他们一起修炼，直到能力可以和龙族抗衡了，再慢慢开启其他云族人的心智，这样下去不出百年，云族人必然能成为彩虹世界第一族，三十六重天可以自由出入！”

对于可以让云族人成为彩虹世界第一族云里并没有多大的兴趣，那太遥远了，不知道什么时候才能实现，不知道在实现的路上会遇到什么意外，但是对于可以马上接受怪鱼老祖先的法力这一点，云里是无比期待的。如果自己变得和龙族一样强大了，那以后还发愁什么抓不到鱼，载不来客，挣不到钱啊！

想到这里，云里立刻放低云朵，凑到怪鱼身边说道：“老祖先，我明白你的意思了，我不会辜负你的托付的，我一定用你传授给我的能力，让云族人强大起来！虽然我知道前路艰辛，未必一定能成功，但我会努力去做，鞠躬尽瘁，死而后已！”

怪鱼怪里怪气地笑了一声，说道：“你若不‘鞠躬尽瘁，死而后已’，我的元神会自动收回我赐予你的法力的。好了，废话不多说，你定好身形，准备接受我的传授，接受传授之后你就带着宝盒回到绿荑大陆，只要打开宝盒让人嗅到宝盒里的气体，就能开启心智，身轻如燕，离地升天踏入修灵之道！”

⑦

◇◇◇

尾声

传授之后，怪鱼把宝盒交给云里，然后便沉入大海，生死不明。接受完传授的云里身形暴长两倍，拿到宝盒之后他先打开闻了闻灵药的味道，结果这一打开不要紧，云里在感觉心智被清洗的同时，暗淡的夜晚因为宝盒释放出的气体而明亮了起来。

云里急忙将宝盒合上，但为时已晚，强大的气体已经惊动了龙族。之前靠怪鱼的法力维持，龙族虽然能困住怪鱼，却监视不到怪鱼的举动。宝盒开启，气体在泄漏的同时，也破坏了怪鱼设下的迷阵。云里在海面的行动便被龙族看得一清二楚了。

龙族深知灵药对云族人的益处以及对龙族的害处，于是还没等云里踏云离开，一道新的法障就从九天之上被抛了下来。

可怜刚刚体会到无上强大力量的云里，还没来得及施展，就被困在了以前困怪鱼的海域，正所谓人有灭天之术，天有降人之法。不过虽然被困住了，毕竟没有生命危险，云里也不惧怕。经过了这一番历练，他已经不是原先那个心地善良却懦弱可欺的云族少年了，他肩负着云族人未来的命运，他懂得了危险和机遇并存的道理。他想他需要一段时间来修炼自己的内心，他能够感觉到，龙族的法障只是一种障心法。只要给他一段时间，让内心足够强大，他相信自己完全可以冲破法障，到那时，天地之间将无人能够将他阻挡！宇宙万物都将臣服在他的脚下！他知道离那一天不会太远了！

守护者

CHAPTER 15

①

◇◇◇

战事

樱城北路立交桥下的一个洞穴里，蛇、鼠、人、猫、狗躲在一起，不断响起的爆炸声让他们把注意力都放在了洞穴外，如此和平共处的情景，恐怕会持续到战争完全结束，多塔星人完全被打败之后。当然这是乐观的想法，也许下一秒就会有七维弹打进洞里来，大家同时灰飞烟灭。

②

◇◇◇

童年

那一年我十二岁，本命年。都说本命年会有大事发生，但是我提心吊胆地从一月过到十二月，一直是鸟兽不惊，风平浪静。

转眼就到了十二月的下旬，恰逢十年校庆，办完庆典之后我们放了三天假，说是三天假，其中有一天是周六，一天是周末，算起来等于只放了一天假。

放假之后我依旧得按父母的命令早早睡觉，早早起床，每天守着电视机，看葫芦娃大战蛇妖。其实对于已经上初一的我来说，这片子已经稍显幼稚，但是没办法，稍微成熟点的片子，爸妈都不让看。

葫芦娃播完之后，爸妈还在单位里加班，我肚子饿坏了，就去厨房烤了两块儿馒头吃，外焦里嫩的烤馒头一度是我童年的最爱，但是所有苦难都是伴着美好一块儿来的。每次吃完美食，我都要为肚子的撑涨感烦恼一阵子。两个馒头下肚，我被撑到了，时间也因此变得漫长起来。这时候我的小伙伴大救星童青然敲响了我家的门，很多年后的今天我回忆起那一幕，真觉得有些后悔，我应该装作没听见，早早地躲进被窝里睡觉去，那样也许她就不会出事。起码，不会因为我而出事。她找不到我了，也许就会老老实实地回家，等到第二天再来找我，时间差上一天，我们的人生就会是另一番景象了。

③

童青然

我经常跑到童青然家里去看书，她爸妈常年在外地，只有爷爷一个人带她，爷爷又经常不在家，即便在家，对她也管得非常松懈，甚至鼓励她看各种书，所以她虽然和我一样大，知道的事情却比我多很多。

听到敲门声之后无精打采的我瞬间双眼放光，我从沙发上一跃而起，几乎是蹦着跳着去开的门。但是开了门之后我又立刻安静下来，童青然不喜欢那些大呼小叫的人，觉得他们轻浮没有文化，她之所以愿意和我玩，就是因为我在她面前非常书生气，说话也慢悠悠的，时不时还会说个成语什么的。这一点只有我爸妈知道我是装的，如果童青然再长大几岁，或许她也会知道我是装的，可惜她再没有机会长大，也就永远不知道我是装的了。

我曾经为这种蒙骗了她很久，最终她也没有发现真相而庆幸过。后来长大一些，又觉得也许她一早就知道我是装的，只是不想拆穿我，毕竟在那个年纪，如果不是很在乎一个人，谁愿意装呢？

其实我不仅仅是在乎她，我更在乎的是她家里那满满的两大柜子书，还有她爷爷留给她的各种吃的，有时候还会留一些钱。在她身边，我身心自由，无比愉悦。

但是十二岁那年冬天的下午，童青然来找我，不是去她们家玩，而是叫我陪她去海边。她想把她爸妈给她买的陪她玩的小乌龟和小金鱼拿到海边去放生。

那时候我特别不能理解，不管怎么说小乌龟和小金鱼是她爸妈送给她的礼物，不但能给她解闷，还是她想念爸妈时的一种精神寄托。为什么要放生呢？而且大海里那么多大鱼大龟，放回去它们不一定活得比在鱼缸里久。

但我忍住了问这些问题，因为童青然看上去很不开心，我就懒得再拿问题烦她，反正她决定的事情，我跟着做就行了，问多了没有意义，因为问了也还是得做。

于是我们就一人捧着一个小鱼缸，去搭 16 路公交车。我们所在的城市离海边很近，在公交车上就能看见海，下了公交车走上十几分钟的路就能到海边。

那天海风很大，平时海边有很多人的，可是那天连个人影也看不到，清冷的风裹着一个塑料袋“刷”地一下打在我脸上，我手上捧着鱼缸，只能晃晃脑袋，让风带来的塑料袋继续被风带走。

童青然走在我前面，已经快到海边了。我急走两步追上她，鱼缸中的水洒了出来，不过也管不了那么多了，反正已经到海边了。

童青然把鞋子脱了，将裤管提到膝盖处，竟要往海里走，我在后面喊住她，说：“水很凉的，而且搞不好水里有怪物。”童青然回头冲我一笑，说：“我只是想多送它们一程，你也一起来吧。”

小乌龟和小金鱼进入大海之后，并没有像我想的那样马上游走，而是老老实实地待在原地，像是害怕着什么一样。于是我就劝童青然说：“要不然咱们还是把它们捉回去吧，它们可能生下来就没见过海，进了海里也不知道怎么生存。”

“那是它们的事情，它们的命运应该由它们自己掌握，我们也只是给它们自由，不能干涉太多，就算等下遇到水怪被吃了，起码它们这一刻是自由的，那样就不算白活了。”

④

外星怪物

我和童青然站在水里，看看脚边的鱼和龟，看看远处的大海，在这样的季节，我们的举动显得非常奇怪，但是只要是和她在一起，我就觉得挺开心的。没有任何人打搅我们，但是我肚子不争气地饿了。

“我们回去吧，吃点东西然后玩俄罗斯方块吧。”童青然家里有两个游戏机，一个是专门给我买的，但是我也不敢带回家。

“你看那是什么？”童青然指了一下远处，我看到一条丝带状的东西，像蛇一样但是比蛇细很多，而且是亮闪闪的颜色。

“是谁丢的丝带？我们赶紧回去吧，不然等会儿真遇到水怪就麻烦了。”我想起在新闻里看到人在水库里玩被水怪拖进水里的事儿了，身体跟着一哆嗦。正要拉着她转身走，那丝带状的东西突然就到了我们跟前，我只是觉得眼前晃了一下，它就消失不见了，速度实在太快了。与其说我们被惊吓到了，不如说是被弄懵了，想着这是什么玩意儿啊，茫然中我们下意识地往岸上走。

到了岸上，我才发现小腿在流血，很细小的一个伤口，血缓慢地流着，不觉得痛，但如果不管，一直流下去也不是办法，周围也没有可以用来包扎的东西。我一脸无奈地看了看童青然，不看不要紧，一看吓我一跳，她一改平时和和气气的表情，双眼放光，嘴角甚至流出了口水，我顺着她的眼睛往下看，正落在我的伤口上。

“我听说唾液可以止血，我帮你止血吧。”说完童青然就蹲了下来，趴在我腿上，贪婪地吸吮着，像小孩吃奶一样，我起初还觉得有些疼，后来渐渐地觉得身上没有力气了。等我醒来的时候，童青然已经不见了，周围漆黑一片。

⑤

灾难

可能是因为摔倒的时候姿势比较难看的缘故，我嘴里灌了不少沙子，把嘴里弄干净之后，我大声喊童青然的名字，回应我的只有涌动的海水声，我沿着岸边跑，借着一点点星光，寻找她的身影，可惜摔了几跤，跑了一圈还是没找到她。

我回忆昏倒前遇到的事情，觉得万分诡异，尤其是她蹲下帮我止血时的表情，像是被妖物附体了一般。再看我的伤口，已经结痂。

那条带状的水怪会不会咬了我一口之后，钻到了童青然的身体里了？我想起了小时候在池塘里遇到的蚂蟥，可是蚂蟥没有那么长啊，难道是海中巨型蚂蟥？越想我越害怕，索性往岸边的公路上跑去。

因为不知道昏迷了多久，带着侥幸的心理，我跑到了公交车站台那里，祈祷自己还能赶上最后一趟车，我想去童青然家里看看，如果她没有回家，我得叫更多的大人来找她才行。

可惜等了许久，路上也没有一辆车经过，空旷得可怕。我只有沿着路走，路灯还亮着，把我的影子拉得好长好长，许多年后每当我看到我的影子，就想起她对我说过的话——影子也不会一直陪伴你，有光的时候它会出现，当黑暗出现，它会躲得远远的。

不知道走了多久，走得我心烦意乱，但是竟不觉得累，也不觉得饿。我一脚踢飞路上的石子，竟能飞到半空，击碎路灯。这诡异的一切更让我恐慌，我奔跑起来，直到眼前开始出现熟悉的街道。但街上依旧无人，只有街灯亮着，房舍里都不见灯光出现。

好在童青然家我已经去过无数次，轻车熟路，她家在三楼，我扶着墙走到门口，想要敲门，却发现门开着，喊她的名字，没有回应，喊她爷爷的名字，也没有回应。

我只好往自己家跑，一路上都没碰到人，虽然不知道发生了什么，但这诡异的一切代表的肯定不会是什么好事。我真希望能碰到一个人，拉住他问问发生了什么事，大家都去哪儿了。真希望爸妈在家里等着我，哪怕是拿着板子等着我，我宁愿挨一顿臭揍，也不想像只呆头苍蝇似的乱撞。

家里果然没人，我哪儿也不想去了。我脱了衣服，洗了个澡，然后上床睡觉，我想等我一觉醒来，一切就会变得正常了。可是洗完澡躺在床上我一点儿困意也没有，精力前所未有的充沛，这感觉让我难受极了，于是我穿上衣服，打算到广场上看一看，也许那里能遇到练气功的老人。

我推开家门来到街上，发现天已经蒙蒙亮了，隐约可见街上有什么东西在移动。我一开始以为是人，走近一看，竟是一只只奇大无比的老鼠。“这么大的老鼠，能咬死人吧？”我心中暗想，背上一凉，正要躲起来，它们就发现了我。

我撒腿就跑，边跑边往后面看，它们果然追来了。好在我精力充沛，眼看就要把它们甩掉了，这时候我看到眼前不远处也有一群这么大的老鼠。我急忙停住脚步，与此同时，后面的老鼠也追了上来，我被一群老鼠围在了中间。

小时候我曾经和一群小伙伴去掏老鼠洞，一只只粉嫩的小老鼠被我们当作战利品送给大人，而残忍的大人，看着没毛的小老鼠，第一反应是拿烟头去烫它们。

如今我被一群老鼠围在其中，脑海中闪过的第一个念头，竟是想求它们别拿烟头烫我，尽管它们手里并没有烟。

老鼠们越围越近，我一咬牙，打算拼了，这时候突然听到“唰”的一声，离我最近的两只大老鼠的脑袋齐刷刷地从身体上掉了下来，紧跟着是其他老鼠，都被斩了头。但是却没有看到是谁动的手。

我正诧异着，身后突然响起了熟悉的声音：“傻瓜，你还愣着干吗，快跟我走。”

回头我就看到了浑身是血的童青然。当然都不是她流的血。在去防空洞的路上，她告诉了我她离开沙滩后发生的一切。

在她低头帮我止血的时候，我突然昏了过去，与此同时，一条丝带状的东西通过我的伤口进入她的嘴巴进而控制了她的身体。

好在那丝带状的怪物并没有恶意，那怪物是来自多塔星的和平分子。每逢两千年，地球都会遭遇一次毁灭性的灾难，这灾难源于外太空。不过在外太空的好战分子在等待两千年的太空之门打开之前，会有一些外太空毒素先辐射到地球，被辐射之后，地球上早先被压迫的鼠族、蛇族会变得强大，会和人类厮杀，争夺地球统治者的地位。

在蛇族、鼠族、人类相互厮杀的时候，每两千年打开一次的太空之门，会把所有的外星物种放进来，并在太空之门闭合之前，掠夺走所有地球上他们能够带走的资源。

而进入童青然体内的怪物，是来阻止这场灾难的，它一开始进入的是我的身体，但是因为我依赖性太强，没有恒心和意志力，于是它又放弃了我，进入了童青然的体内。

因为要靠地球人的身体来完成自己的使命，所以它必须找一个内心足够强大的地球人。童青然就是这样的人，虽然她年纪还很小。

知道了事情的经过之后，我有种心头之爱被夺走的感觉，童青然要去参加战斗了，把我送到安全的地方之后她就要离开，而我身为一个男人，竟然什么忙也帮不上，跟着她还会给她添乱，这真是让人恼火！

⑥

战斗

童青然用意念在城北、城东、城西、城南开启了四个巨大无比的洞穴，城中的人被她分别安置在了那些洞穴里，包括那些明白了真相后不愿意加入战斗的蛇族和鼠族。她需要在外面用意念唤醒更多的蛇族和鼠族，不愿意被唤醒，执意要战斗的蛇族和鼠族都会被她斩杀。

她必须保证在所有外星人，尤其是那些好战的多塔星人到来之前，保持地球的宁静和团结。每一座城都会有一个她这样的人，被外星和平分子附体。这些外星的和平分子背叛自己的星球来帮助地球人，要付出的代价是在战争结束以后面对进退两难的境地，留下来地球人不需要，回去则会被处死。它们要找到空间通道，到另外一个需要它们的地方去，可是也许到下一个两千年到来时，它们也找不到合适的去处。不过这些不是我该担心的，它们的命运我无法左右，我只知道，不管谁在这场战争中获利，十天之后，新的千年到来，太空之门就会关闭，一切都会结束。

这十天之中，说起来只是外星好战分子和外星和平分子的战争，弱小的人类和其他物种，需要做的只是老实待着，不要相互搏杀，这样才能在新千年到来之后，有足够的力量建设新家园。

在去往城北的洞穴的路上，不断有蛇族和鼠族的家伙跳出来攻击我们，它们那被辐射的身体小的与我们俩的个头差不多，大的足足有五米多高。

巨大的蛇头自高空俯冲而下，快如闪电，童青然带着我闪转腾挪。正所谓龙生雨，虎生风。别说一不小心被蛇头咬到或者被蛇身缠到，就是被那蛇身散发出的水汽笼罩住，也能让我昏迷半天。

而那些老鼠的个头都跟老虎差不多了，看着它们跳来跳去，我真的是老虎、老鼠傻傻地分不清楚了，好在其中也有善良的猫族、狗族和坏老鼠缠斗，这帮了我们不少忙，因为童青然虽然有外星怪物附体，力量强大无比，但毕竟要带着傻里傻气的我，速度和杀伤力都要减弱不少。

我这时候才体会到，弱小也是一种罪。在以命相搏的战场上，要么强大，要么就得死。樱城不大，但是这一路走得太漫长了，鲜血几度模糊了我的双眼，曾经熟悉的街道因为不断有怪物的出现，变得无比陌生。

我曾经养过一条叫阿呆的狗，因为妈妈嫌养狗麻烦就把它丢了，我找过它几次，都没能找到，以为它不在樱城了，有时候甚至会悲伤地觉得它可能不在这个世界上了。

在去城北洞穴的路上，有一条狗一直跟随在我们后面，我一开始以为它是被辐射过的恶生物，后来它几次帮童青然攻击那些老鼠，我才明白它是在保护我。因为情况紧急，我来不及多看它一眼，只是跟在童青然身后不断地往前冲。

不知道冲杀了多久，童青然停了下来，周围也变得十分平静。这时候我才腾出时间看身后的那条狗，它身上的皮毛都被撕掉了，大滴大滴地往下淌着血。看着它呆傻的眼睛，我忍不住拉了拉童青然的衣角，说道："你看这条傻狗，像不像我以前养的阿呆？"

"它们都被辐射过，都变异成这样了，谁还认得出来！"

"肯定是阿呆，不然它怎么会保护我！"

"它只是想跟随我到达一个安全的地方，如果留在城中心，它会被那些变异的物种撕掉的。"童青然话音刚落，那条狗就倒下了，我冲过去抱起它，它已经只有出的气没有进的气了。变异的身体加上一寸寸可怕的伤痕，我已经认不出它是不是我的阿呆了。

我想流泪，又不想被童青然看到我没出息的样子，只好放下怀里的狗，跟在她身后，进了她用意念制造的结界，结界里面有一个巨大的洞穴。童青然把我送过来，就又回去拯救其他没有及时撤离的人和动物了。

我在洞穴里见到了我的爸爸、妈妈，还有童青然的爷爷，他们储存了足够吃十天的粮食，他们拿出面饼给我吃，被我拒绝了，也许是被外星怪物附过体的缘故，我一点儿也不觉得饿，我忧心忡忡。我很怕童青然抵御不了那些强大无比的外星人，更害怕她的善良会让她被城中心那些心怀歹意的鼠族、蛇族伤害。

然而我能够做的只是祈祷和等待。我能够听到七维蛋袭击大楼的声音，能够看到半空中那些快如闪电的外星人，十天，太多的能源它们想要带走，在此期间还要对付童青然这样的战士，所以我觉得它们的胜算并不大。

每隔一天，童青然会来洞里给大家释放一次氧气，因为外面的一切都被污染得不能呼吸了，只有洞穴里是安全的。她来去匆匆，都顾不上和我说句话，有几次我都想拦住她，我想说你留下来陪我们吧，让其他人去战斗，反正有足够的人去战斗的。可是我知道她不会听我的，她会用多一个人就多一分胜算这样的话来反驳我。

好在十天过得很快，当空气中的有毒物质渐渐散去，阳光重新照耀大地，爆炸声不再响起，新的千年到来时，所有人都在洞穴里欢呼，他们都在等着童青然带来胜利的消息，可是左等右等，童青然迟迟不来。

后来我看到地面上开始有人类行走，想到可能是其他洞穴的人已经提前得到胜利的消息出来了，于是我也离开了洞穴。

大家都沉浸在战后的喜悦中，只有我，不，还有童青然的爷爷，只有我们俩非常不安，我们一条街道一条街道地找，我们发动无数的人帮我们寻找，可惜一无所获。

⑦

离开

不知道找了多少天，我开始感觉到疲惫和饥饿，外星人带给我的能量正在渐渐消失，我突然想到，也许童青然身上的力量也在消失，那个怪物要离开她的身体了。那个怪物是在海边遇到我们的，于是我直奔海边。

果然，虽然童青然换了一身我以前没见她穿过的干净衣服，头发也不像以前那样扎起来了，但只需要一个背影，或者说凭我对她的熟稔，从身影我就能认出她来。

阳光洒在她身上，闪闪发光，我跑过去抱住她，失声痛哭。我以为再也见不到她了。她摸着我几天没洗的脸，帮我擦干眼泪，我这才发现我把她身上弄脏了，好在她并不在意。

“那怪物呢？走了吗？”

“没有，它进入我身体里之后，就没有办法独立出去了，我和它已经融为一体了。”

“那怎么办？等开学了，大家不会把你也当作怪物吧？不，应该把你当作英雄。”

“和平的时候，是不需要英雄的，我不会去学校了，我要到我该去的地方去。”

“你要走？”

“我们这里太平了，其他星球还有战争，我既然有了这无穷的能量，就应该发挥我的作用。我已经在这里等你很久了，你代我跟我爷爷和爸妈道个别吧。”

“可是我不想你走，你走了我以后想你了怎么办，我一个人多无趣啊，你把我也带走吧。”

“你该长大了，不要总想着依赖别人，没有人靠得住，经过这一场灾难你该明白，就是你的影子也会在黑暗中离开你。你要靠自己，坚强起来，像个真正的男子汉那样。那样也许你会有能力找到我，和我一起战斗。也许你会遇到值得你爱的女孩，你需要做的是保护她，让她依赖你而不是被你依赖，等你明白了这一点，你就长大了。”

童青然把手插进我乱糟糟的头发里，揉了揉，然后毅然决然地朝海水里走去，越走越远，直到海水完全淹没了她，我愣在岸边，回想她的话，久久无法动弹。

⑧

新千年

我想她或许去了另外一个世界，不在地球上也没有和多塔星人在一起，但是我知道她还活着，只是我们不能再见面了，这是比死亡更让人悲伤的事情，因为我们都将死亡，而她的离开却是永别。

她或许就在我转身可见的地方，但什么时候该转身我却不知道。今年我二十七岁了，她已经离开了十五年。有时候一个人在乎另一个人，不是说她一定要陪在他身边，而是在他的记忆里，在他最美好的那段时光里有她的陪伴。

在一起时除了一起做一些怪味的零食，一起看书听歌之外，我最爱做的事情是陪着她看地图，听她讲她的梦想，因为父母在很远的地方，她想去看看他们，看看他们生活的地方。她在地图上圈出父母所在的城市，告诉我她对远方的渴望。

她终于去了远方，这些年我也去了很多地方，每当在异乡陌生的床上醒来，我都会想起在海边的那个漆黑一片的夜晚，我总忍不住呼喊她的名字，总是没有回应。接下来还会有更多的十五年，也许此生就如此了，也许还会再相见，我一篇又一篇地写文章，有一个原因是因为她喜欢阅读，也许有一天她会看到我写的文字。

她会明白，我笔下那个眼眸清凉，个头大大，耳朵的绒毛在阳光下会闪烁光芒的女孩就是她。只有对着她的时候，我才会想呈现我最美好的一面，才会为自己的不完美而悲伤。

她说的那个值得我保护的女孩，我也终于遇上了。她会在我因为想童青然而悲伤的时候讲笑话给我听，问我世界上谁最爱说谎；在我茫然不解的时候，她哈哈大笑，告诉我说答案是林宥嘉的妹妹，因为林宥嘉有句歌词是“你妹又说谎”。

她讲的笑话总是很冷，我笑不出来，但是会被她的笑容感染。她会拉我去跑步，在我想安静的时候陪我看书。有时候我会想：“如果童青然还在，我们三个人，不，或许童青然也会遇到一个比我更好的人，我们四个人一起住在一所大房子里，快乐地生活着，一起吃饭、读书、下棋、旅行，一起睡去，一起醒来。”虽然这是一种假想，但我时常会去想。

图书在版编目（CIP）数据

多想你也喜欢我 / 马叛著 . —北京 : 北京联合出版公司 , 2015.5

ISBN 978-7-5502-5119-9

Ⅰ . ①多… Ⅱ . ①马… Ⅲ . ①故事—作品集—中国—当代 Ⅳ . ① I247.8

中国版本图书馆 CIP 数据核字 (2015) 第 082656 号

多想你也喜欢我

作　　者：马　叛

选题策划：范筱薇

责任编辑：牛炜征

版式设计：@_ 叁囍

北京联合出版公司出版

（北京市西城区德外大街 83 号楼 9 层　100088）

北京慧美印刷有限公司印刷　　新华书店经销

字数：153 千字　　700 毫米 ×980 毫米　　1/32　　印张：8.25

2015 年 6 月第 1 版　　2015 年 6 月第 1 次印刷

ISBN 978-7-5502-5119-9

定价：32.80 元